हिन्द पॉकेट बु

गूंगे देवता

कृश्न चन्दर चन्दर हिन्दी और उर्दू के कहानीकार थे। उनका जन्म 23 नवंबर 1914 को वजीराबाद, ज़िला गूजरांवाला (अब पाकिस्तान) में हुआ था। उनका बचपन पुंछ (जम्मू और कश्मीर) में बीता। उन्होंने अनेक कहानियाँ और उपन्यास लिखे हैं। उनके जीवनकाल में उनके बीस उपन्यास और 30 कथा-संग्रह प्रकाशित हो चुके थे। उन्होंने रेडियो नाटक और फिल्मी पटकथाएँ भी लिखीं। 1973 की प्रसिद्ध फिल्म *मनचली* के संवाद उन्हीं के लिखे हुए थे। उनकी भाषा पर डोगरी और पहाड़ी का प्रभाव दिखता है। उनकी कहानी पर धरती के लाल (1946) और शराफत (1970) जैसी फिल्में बनीं।

1969 में उन्हें पद्मभूषण से सम्मानित किया गया था। उन्होंने मुख्यतः उर्दू में लिखा, किन्तु भारत की स्वतंत्रता के बाद हिन्दी में लिखकर राजभाषा के प्रचार-प्रसार में योगदान दिया। उनका निधन 8 मार्च 1977 को मुंबई में हुआ था।

गूंगे देवता

कृश्न चन्दर

हिन्द पॉकेट बुक्स
पेंगुइन रैंडम हाउस इम्प्रिंट

हिन्द पॉकेट बुक्स

यूएसए | कैनेडा | यूके | आयरलैंड | ऑस्ट्रेलिया
न्यू ज़ीलैंड | भारत | साउथ अफ़्रीका | चीन | सिंगापुर

हिन्द पॉकेट बुक्स, पेंगुइन रैंडम हाउस ग्रुप ऑफ़ कम्पनीज़ का हिस्सा है,
जिसका पता global.penguinrandomhouse.com पर मिलेगा

पेंगुइन रैंडम हाउस इंडिया प्रा. लि.,
चौथी मंजिल, कैपिटल टावर -1, एम जी रोड,
गुड़गांव 122 002, हरियाणा, भारत

पेंगुइन
रैंडम हाउस
इंडिया

प्रथम संस्करण हिन्द पॉकेट बुक्स द्वारा 1990 में प्रकाशित
यह संस्करण हिन्द पॉकेट बुक्स में पेंगुइन रैंडम हाउस द्वारा 2022 में प्रकाशित

10 9 8 7 6 5 4 3 2

ISBN 9789353495015

मुद्रकः रेप्रो इंडिया लिमिटेड

www.penguin.co.in

FSC www.fsc.org
MIX
Paper from responsible sources
FSC® C047271

This is a legitimate digitally printed version of the book and therefore might not have certain extra finishing on the cover.

कथा-क्रम

दर्द-गुर्दा

क्रिश्चियन कराह रहा था दर्द-गुर्दा के कारण। उसके पेट और धड़ में भयानक पीड़ा की लहरें उठ रही थीं। ऐसा लगता था कि वह अधिक समय तक इन लहरों की टक्कर का मुकाबला न कर सकेगा। अगले दिन उसका आपरेशन होने वाला था। यह उसका दूसरा आपरेशन होगा। पहला आपरेशन सफल न हो सका था। उस आपरेशन में उसके दायें गुर्दे का काफी हिस्सा काट दिया गया था, और वह पथरी-सी निकल आई थी; परन्तु पीड़ा उसी प्रकार बनी हुई थी और पेशाब से खून रिसता था, मानो उसके प्राण प्रतिक्षण निकल रहे हों। वह बार-बार हस्पताल के लोहे के पलंग की दायें हाथ वाली पट्टी को पकड़कर जोर से भींचता, परन्तु उससे पीड़ा में कोई कमी न होती थी। "हे भगवान्!...हाय मां!!" वह बार-बार कहता। उसकी माता का देहान्त हो चुका था—वह भगवान् के पास पहुंच चुकी थी। और भगवान् ..."हे भगवान्। मेरी सुन लो। मैं पीड़ा से मरा जा रहा हूं। कल मेरा आपरेशन होगा—दूसरा आपरेशन। प्रभो! मुझे बचा लो! मुझे जीवनदान दे दो!! डाक्टर साहब कहते हैं कि मैं केवल एक गुर्दे के सहारे भी जी सकता हूँ! हे परमात्मा! मुझे इस तीव्र पीड़ा से मुक्त कर दो। हे भगवान! मेरे परमात्मा! हाय अम्मां!!" वह बहुत देर तक इसी प्रकार कराहता रहा और बुड़बुड़ाता रहा।

उसकी काली भवों के नीचे दो बड़ी-बड़ी आंखें भयानक रूप से चमक

रही थीं; परन्तु उसके चेहरे पर पीलापन न झलकता था—इसलिए कि उसके चेहरे का रंग बहुत काला था। यह काला रंग अब और भी काला हो गया था—फाउण्टेन पेन की स्याही की भांति, जो लिखते समय ताजा और ब्ल्यू-ब्लैक रंग की होती है, परन्तु सूखते-सूखते काले रंग की हो जाती है।

जॉय अपनी सफेद टोपी को ठीक करती हई उसके बिस्तर के निकट आई। वह अपने सहानुभूतिपूर्ण व्यवहार, मीठी वाणी और सेवाभाव के लिए सारे हस्पताल में विख्यात थी। ये तो अन्य सारी नस का रोगियों के प्रति व्यवहार प्रेमपूर्ण होता था, परन्तु जॉय की बात निराली थी। उसकी नीली आंखों में एक विचित्र प्रकार की विषाद-छाया-सी छाई रहती थी जिसके कारण उनमें एक अलौकिक आकर्षण भरा हुआ था। उसके होंठों की पतली, टेढ़ी-सी, क्षीण-सी मुस्कान ऐसी लगती, मानो पहली रात के चांद का रुपहला किनारा हो। जॉय मानो सहानुभूति, दुःख, ममता और प्रेम के सम्मिश्रित भावों की साक्षात् मूर्ति हो। उसे देखकर मरने वाले रोगियों के लिए मरना सरल हो जाता था। ऐसा लगता था मानो वह मुस्कान सब कुछ समझती है, सब कुछ जानती है, सब कुछ अनुभव करती है, जैसे कि वह सारी सृष्टि के दुःख-दर्द का भार अपनी छोटी-सी कोमल मेहराब पर उठाए हुए हो। क्रिश्चियन जब उसे देखता तो उसे ऐसा लगता मानो उसकी पीड़ा एकदम कम हो गई हो, मानो वह भयंकर झंझावात, जो अभी-अभी उसके पेट और धड़ में उठ रहा था, शांत होने लगा हो। जब तक वह उसकी छाती पर हाथ फेरती रहती अथवा उससे केवल बात ही करती रहती, तब तक उसको बहुत आराम मिलता रहता—उसकी जलती आंखों में चैन-सा पड़ने लगता, और उसके सांस की गति में संतुलनसा आने लगता। क्रिश्चियन को उस समय ऐसा लगता मानो जॉय की आंखों में मरियम की-सी पवित्रता है, और उसके हाथों में ईसा की मसीहाई भरी हुई हो। उसको यह भी अनुभव होता कि जॉय उसकी देखभाल और सेवा-सुश्रूषा में अन्य रोगियों की अपेक्षा अधिक प्रेम, परिश्रम और सावधानी से काम लेती है, इसीलिए उसे अपने पास देखकर क्रिश्चियन को बहुत आराम मिलता।

आज क्रिश्चियन की पीड़ा और दिनों की अपेक्षा अधिक तीव्र, अधिक तीक्ष्ण, अधिक असह्य प्रतीत होती थी। जॉय भी अपेक्षाकृत आज अधिक शोकातुर प्रतीत होती थी। उसकी मुस्कान में विषाद की छाया अधिक गहरी थी और आंखें डबडबाई-सी हो रही थीं। वह एक कुर्सी खींचकर उसके पलंग के निकट बैठ गई और कांपती हुई आवाज में बोली, "आज शायद सुलाने वाली दवा का तुमपर कोई प्रभाव नहीं हुआ।"

"हां...आज बहुत पीड़ा है।" उसने रुकते-रुकते उत्तर दिया।

"कोई बात नहीं, घबराओ नहीं। मैं तुम्हें दवा की एक खुराक और पिलाती हूं जिससे तुम आज की रात आराम से काट सकोगे। कल तुम्हारा आपरेशन होगा। आशा करती हूं कि इस बार तुम बिल्कुल ठीक हो जाओगे।"

"हां...हां...उसके बाद मैं बिल्कुल ठीक हो जाऊंगा।" क्रिश्चियन ने कहा। परन्तु इन शब्दों के पर्दे के पीछे गहरी निराशा झलक रही थी। नर्स ने उसे सुलाने की दवा की एक खुराक और पिलाई और उसकी आंखों से उबलते हुए आंसुओं की धारा को रोक दिया।

क्रिश्चियन ने अपनी छाती की ओर संकेत करके कहा, "मेरा दम घुटा जा रहा है।" परन्तु उसकी बात पूरी होने से पहले ही जॉय ने उसकी छाती को सहलाना प्रारम्भ कर दिया था।

थोड़ी देर में, धीरे-धीरे उसकी आंखों में तन्द्रा छाने लगी, वह सोचने लगा, जॉय कितनी अच्छी है! परमात्मा कितना दयालु है! उसे अपनी मां याद आई, जो मर चुकी थी। अच्छा हुआ, वह अब इस संसार में नहीं है। वह अपने प्यारे पुत्र को मृत्यु के मुख में इस प्रकार जाते हुए कैसे देखती? क्रिश्चियन की आंखों से अश्रुधारा बह निकली। इस बार जॉय ने उसके आंसू नहीं पोंछे। उसे ध्यान आया कि वह इस लम्बे-चौड़े संसार में बिलकुल अकेला है। बेचारा एक निर्धन क्लर्क—असहाय, अनाथ—एक हस्पताल में दम तोड़ रहा है। जब वह हस्पताल में दाखिल हुआ था तो कुछ दिनों तक उसके कुछ मित्र, उसके दफ्तर के कुछ साथी उसे देखने आए थे। एक बार उसके सेक्शन का बड़ा बाबू भी उससे मिलने

आया था और सद्भावना के रूप में कुछ फल और फूलों का एक गुलदस्ता उसके लिए लाया था। परन्तु अब तो बहुत दिनों से किसीने उसकी ओर ध्यान नहीं दिया था। उसके कुछ संबंधी भी थे, परन्तु वे सब जबलपुर में थे; और इतनी दूर से आने में रुपया बहुत लगता था, इसलिए वहां से कोई भी व्यक्ति उसे देखने के लिए नहीं आ सकता था और फिर यदि उनमें से कोई आ भी जाता तो वह क्या करता? उसकी छुट्टियां—वैतनिक तथा अर्धवैतनिक—समाप्त हो चुकी थीं। अब वह बिना वेतन वाली छुट्टियों पर था। दफ्तर का कार्य पूर्ववत् चल रहा था—और यह जानकर उसे बहुत दुःख हुआ। वह समझता था कि उसका उस दफ्तर में होना अत्यंत आवश्यक था। परन्तु जब से उसने बिना वेतन की छुट्टियां ली थीं, तब से उसे विश्वास हो गया था कि वह एक व्यर्थ-सा व्यक्ति था।

जॉय कितनी दयालु है! परन्तु वह नया व्यक्ति, जो उसके स्थान पर कार्य कर रहा है, सोचता होगा कि भगवान् करे क्रिश्चियन मर जाए और वह उसका पद संभाल ले। आखिर उस बेचारे को अपना पेट पालना था। परन्तु यह उसे क्या पता होगा कि पेट का धंधा करते-करते कभी-कभी पेट में ऐसी भयंकर पीड़ा की लहरें उठती हैं...। परन्तु तीस रुपये मासिक में ही उसे कौन-सा ऐसा अलौकिक आनंद प्राप्त था? सवेरे से सांझ तक वह मेज पर सिर झुकाए हुए लिखा-पढ़ी करता रहता और अधिकारियों की झाड़ सुनता और झाड़ सुनकर और भी अधिक व्यस्तता, सावधानी और ध्यान से अपने काम में जुट जाता था।...हाय! यह नारकीय पीडा—मानो नरक उसे धीरे-धीरे निगल रहा हो। पीली फ्राक पहने हुए वह चंचल लड़की साइकिल पर दौड़ लगाती हुई उसे दफ्तर आते-जाते प्रतिदिन मिलती थी। लुडलो कैसल के निकट यूक्लिप्टस की ऊंची-ऊंची फुंगें नीले आकाश की पृष्ठभूमि के सामने लहराती थीं। सफेद कबूतरों की डार आकाश में उड़ती चली जा रही थी। यदि उसके पास कैमरा होता। एक बार उसने अपने वेनन में से तीन रुपये बचाए भी थे, परन्तु फिर उसे खांसी की दवा खरीदनी पड़ गई थी—लाल-लाल दवा। कई दवाएं देखने में कितनी सुन्दर लगती हैं, परन्तु कई दवाएं उसके चेहरे की भांति भोंड़ी होती

हैं—उसकी ही भांति। परन्तु उसकी आकृति तो इतनी बुरी न थी। बहुत दिनों से उसने शीशा भी न देखा था। उसके मानसिक नेत्रों के सामने फिर वही पीला फ्राक घूमने लगा। कितनी सुन्दर-सलोनी लड़की थी वह! सुन्दर और सलोनी। परन्तु मिस जॉय सब कुंवारी लड़कियों में सबसे अधिक सुन्दर है। सुन्दर भी और सहानुभूति के भावों से परिपूर्ण भी। हाय, यह पीड़ा! मानो तीव्र लहरें तट से टकरा रही हों। उन लहरों के प्रत्येक थपेड़े से उसका शरीर कांपने लगता था, उसके शरीर की पोरी-पोरी दुखने लगती थी। कल उसका आपरेशन होगा और आज मिस जॉय उसकी छाती सहला रही है। सब रोगी सो रहे हैं। कौन जाने यह अंतिम रात हो! उसकी आंखों से फिर आंसू बहने लगे। परन्तु वह तो अभी नवयुवक था और जीवित रहना चाहता था। यद्यपि उसके पास कुछ भी न था, परन्तु फिर भी वह इस दुनिया में रहना चाहता था। मिस जॉय अब तो थक गई होगी। यह छोटी-छोटी पतली-पतली उंगलियां। बेचारी मिस जॉय सवेरे से सांझ तक काम करती रहती है, परन्तु उसके माथे पर कभी त्योरियां नहीं पड़तीं। इस कोमल-दुर्बल शरीर में इतनी शक्ति कहां से आई है—इतना प्रकाश, इतना तेज, इतनी स्फूर्ति। क्रिश्चियन के पास एक बाइबल थी, उसका सर्वस्व, उसकी मां की अंतिम निशानी। वह उसे कब्र में तो नहीं ले जाएगा। जब मिस जॉय उसकी छाती सहलाकर उठेगी, तो वह अपनी बाइबल उसे सौंप देगा। जॉय की आंखों से प्रकट होता है कि वह दूसरों का कष्ट अनुभव करती है। आशा है, बाइबल स्वीकार कर लेगी। कल आपरेशन होगा। क्या मरने से पहले यह हस्पताल वाले मुझे लुडलो कैसल नहीं दिखा सकते? वह सड़क का मोड़, वह पीले फ्राक वाली लड़की, वे सफेद कबूतर, वे हवा में झूमती हुई युक्लिप्टस की शाखाएं—जॉय के साथ घूमते हुए। लैम्प का प्रकाश मद्धिम क्यों हो रहा है? यह क्या हो रहा है? प्रकाश और अंधकार... झिलमिल...झिलमिल...

क्रिश्चियन सो रहा था और लम्बे-लवे सांस ले रहा था। जॉय धीरे-धीरे उसकी छाती सहलाती रही। लैम्प के प्रकाश में क्रिश्चियन का चेहरा एक काले परदे की भांति दिखाई दे रहा था जैसा कि कार्निवाल में जोकर पहनते हैं। कार्निवाल...

कार्निवाल...ओह! उसे कार्निवाल देखे हुए कितना समय हो गया! रोगियों की सेवा-सुश्रूषा से उसे इतनी फुरसत कहां मिल सकती थी कि वह कार्निवाल देख सके। कार्निवाल के आनंद, सहेलियों के हास्य-विनोद, जिनमें यौवन का आनंद झलकता था। क्रिश्चियन की आंखें बंद थीं और दो काले गड्ढों के अन्दर धंसी हुई थीं। आज से तीन वर्ष पहले इसी तरह। पड़े-पड़े उसके प्रेमी जावेद ने दर्द-गुर्दा से अपने प्राण छोड़े थे। उसका आपरेशन भी दोबारा हुआ था। उन दिनों वह नई-नई हस्पताल में आई थी, और हिन्दुस्तानियों के भूरे-भूरे, काले-काले शरीरों को हाथ लगाने से भी झिझकती थी। हिन्दुस्तानियों से उसे एक प्रकार की घृणा थी, जिसे दबाने के लिए वह बहुत प्रयत्न करती थी। परन्तु जावेद ने उस घृणा को प्रेम में बदल दिया था। जावेद—लम्बा कद, चौड़ा माथा, मुलायम, बारीक बाल, जो सदा उलझे रहते थे। उसकी आंखें बड़ी-बड़ी थीं, जिनमें एक प्रकार की मानसिक उलझन सदा झलकती रहती थी। वह उसके बालों में तेल की मालिश किया करती थी। जब मालिश करके वह उसके बालों को कंधे से पीछे की ओर संवारती थी, तो उसका माथा कितना चौड़ा लगता था! चमेली के तेल की भीनी-भीनी सुगन्ध उसके नथुनों में रमने लगती थी। अब भी उसे ऐसा लगने लगा, मानो जावेद के बालों के साथ उसकी अंगुलियां खेल रही हैं। आह! परन्तु ये तो क्रिश्चियन के छाती के बाल हैं—कठोर और खुरदरे। बेचारा क्रिश्चियन! कल इस बेचारे का दूसरा आपरेशन होगा। कौन जाने...

जॉय से क्रिश्चियन का दु:ख न देखा जाता था। उसे ऐसा अनुभव हुआ मानो वह अपने प्रेमी को दोबारा मरते हुए देख रही हो। उसकी नीली आंखें डबडबा आईं। एक समय था जबकि उसे हिन्दुस्तानियों से घृणा थी; परन्तु जावेद ने उसके मन में परिवर्तन कर दिया था। वह अकेला पड़ा कराहता था। यदि पीड़ा कम हो जाती तो वह पढ़ने लगता। परन्तु वह धार्मिक पुस्तक नहीं पढ़ता था। इस प्रकार की पुस्तकों से वह घृणा करता था। जॉय को याद आया कि किस प्रकार एक बार जब उसने जावेद को पढ़ने के लिए बाइबल दी तो उसने उसको चूमकर जॉय को वापस कर दिया था। उसने उस समय कहा था, 'मैं धर्म-संबंधी

पुस्तक नहीं पढ़ा करता। परन्तु मैंने तुम्हारी खातिर बाइबल को चूम लिया है।' वह इसी प्रकार की विचित्र-सी बातें किया करता। और फिर कभी एकदम चुप हो जाता और बहुत देर तक मौन, निस्तब्ध लेटा रहता। उसके मित्रों की संख्या बहुत अधिक थी जो बहुधा उससे मिलने के लिए आते रहते थे। हस्पताल के नियमों के विरुद्ध जॉय उन्हें जावेद के पास बैठने की अनुज्ञा दे देती थी। न देती तो करती भी क्या? उससे आज्ञा मांगते समय जावेद के स्वर में नम्रता और आत्मसम्मान, दोनों का सम्मिश्रण कुछ इस ढंग का होता था कि उसे ध्यान आ सकता था कि वह अपनी विषादपूर्ण मुस्कान लेकर सदा के लिए संसार से चला जाएगा। उसे मृत्यु हस्पताल में ही क्यों लाई? क्या वह किसी दूसरे स्थान पर जाकर न मर सकता था? वह यहां आया ही क्यों? और यदि वह आ ही गया था तो क्यों उसने अपने समाप्त होते हुए जीवन की प्रेमधूलि उसकी आंखों में झोंक दी थी? जॉय को अपनी आंखें जलती हुई मालूम हुई। सहसा उसके नेत्रों से अश्रुधारा फूट निकली। यह कैसा न्याय था, यह कौन-सा ईश्वरीय नियम था। वह तो हस्पताल में अपना पेट पालने आई थी न कि अपनी आत्मा में आग लगाने।

जॉय ने अपने आंसू पोंछ डाले। वह अपना शोक विस्मृत कर देगी। भविष्य में अधिक तन्मयता के साथ वह रोगियों की सेवा किया करेगी। अपने कार्य से लगाव होना चाहिए। लगाव! परन्तु लगाव तो उसे जावेद से था। जावेद ने उसे एक बार कहा था, 'जानती हो, जॉय और जावेद—दोनों नाम एक ही अक्षर से प्रारम्भ होते हैं।' 'यह सुनकर वह कितनी प्रसन्न हुई थी! घर जाकर डायरी में उसने कई बार 'जॉय और जावेद' लिखा था—'जॉय और जावेद।'

पहले आपरेशन की रात वह सहसा शोकातुर हो गया था—निराशा उसकी आंखों से झलक रही थी। दिन-भर उसके मित्र उसको सांत्वना देते रहे थे, परन्तु वह हर बार एक गहरे विश्वास के साथ कह उठता, 'नहीं भाई। मैं इस आपरेशन से बच नहीं सकता!' और जब सब मित्र चले गए तो निराशा की कालिमा उसके चेहरे पर और भी अधिक गहरी हो गई! उसने उस रोज जॉय को ऐसी दृष्टि से देखा था मानो सदा के लिए उससे विदा ले रहा हो। फिर जॉय

ने बारह बजे के चक्कर के समय भी उसे जागते पाया था। और उसने जावेद को अत्यन्त भावपूर्ण ढंग से कहा था, 'मैंने अभी बाहर एक मेडिकल स्टूडेंट से तुम्हारे नाम का अर्थ पूछा था, तो उसने मुझे बतलाया कि 'जावेद' का अर्थ है 'सदा रहने वाला'। तुम जो सदा रहने वाले हो, कैसे मर सकते हो!' यह सुनकर उसकी आंखें चमक उठीं। शायद उसे जॉय की बात का विश्वास हो गया था और अगले दिन उसने हंसी-खुशी आपरेशन करा लिया था।

फिर जॉय को याद आया कि उसने लगातार तीन दिन तक जावेद के शरीर पर मालिश नहीं की थी—पूरे तीन दिन तक। जावेद को उसके हाथ से मालिश कराना कितना अच्छा लगता था! परन्तु दो दिन से वह उसके पलंग के पास भी न फटकी थी और मुस्कराकर उसके निकट से होकर इधर-उधर चली जाती थी। जावेद चुपचाप इस बात को सहन करता रहा और टामस हार्डी का एक उपन्यास पढ़ता रहा। उसने जॉय की ओर ध्यान भी न दिया। परन्तु तीसरे दिन जब वह उसकी मालिश करने बैठी, तो जावेद ने कांपते हुए स्वर में उससे कहा था, 'दो दिन से तुमने मेरी मालिश नहीं की, जॉय।' और जॉय क्षण-भर के लिए उसकी आंखों की अत्यन्त गहराइयों में, उसके मन के असीम एकाकीपन में खो गई थी। फिर जब जॉय ने उत्तर दिया, 'मुझे दो दिन जुकाम रहा। मैंने तुम्हारी मालिश इसलिए नहीं की कि कहीं तुम्हारे पास बैठने से तुम्हें भी जुकाम न हो जाए!' तो जावेद की आंखों में प्रसन्नता की कितनी बड़ी लहर दौड़ गई थी।... हाय, वे सुन्दर अलौकिक क्षण! उस समय जावेद के बिस्तर पर बैठे हुए जॉय को ऐसा लगा था मानो वह सात द्वीपों की रानी हो और घायल शाह आर्थर को अपनी नौका में बिठाए किसी अज्ञातनामा झील के पार अपने राज्य में ले जा रही हो। परन्तु सृष्टि के निर्दय देवताओं को जॉय का वह स्वर्गीय सुख अच्छा न लगा। जावेद का पहला आपरेशन सफल न हुआ। दर्द ज्यों का त्यों बना रहा। यद्यपि पथरी निकल गई थी, फिर भी पीड़ा की तीव्रता के कारण ऐसा लगता था कि आपरेशन दूसरी बार करना पड़ेगा। डाक्टर वाट ने बहुत सोच-विचार के पश्चात् दूसरा आपरेशन करने का निश्चय किया था।

जॉय को दूसरे आपरेशन के वे अन्धकारमय दिन याद आए, जबकि जावेद के मित्रों ने भी उसके पास आना-जाना कम कर दिया था। उसकी आधे वेतन वाली छुट्टियां भी समाप्त हो गई थीं। उसकी दो बड़ी-बड़ी आंखें दो काले गड्डों में धंसती जा रही थीं और गुर्दे से हर समय पेशाब रिस-रिसकर बहता रहता था। उन दिनों जावेद की मौनसाधना और भी गहरी हो गई थी और उसकी वेदना भी विकट। उसकी आंखें केवल उस समय चमकतीं जिस समय जॉय उसके सामने आ जाती, अथवा जब जॉय प्रातःकाल के समय गार्डिना फूलों का एक गुलदस्ता उसे भेजती। गार्डिना के फूल जॉय को बहुत प्यारे लगते थे। उनकी सुगन्धि सारे वार्ड में फैल जाती थी। वह बहुधा जॉय से कहता, 'गार्डिना के फूल देखकर उसे लारेंस बाग का एक कोना याद आ जाता था, जहां गार्डिना के फूलों की एक बेल सड़क के ऊपर झुकी हुई थी और लौकाट और पाम के पेड़ों के झुंड के ऊपर चांद चमकता था।' एक दिन उसने जॉय से धीरे से कहा था, 'जब मैं अच्छा हो जाऊंगा तो हम दोनों वहां जाया करेंगे। कितने अच्छे हैं ये गार्डिना के फूल!' जॉय ने अपने आंसू पोंछ डाले। उसने निश्चय किया कि वह अब कभी नहीं रोएगी। परन्तु फिर उसे वह दिन याद आ गया जब जावेद के मरने के कुछ दिनों के पश्चात् वह लारेंस बाग गई थी—उसी स्थान पर जहां गार्डिना के फूलों की बेल थी और लौकाट व पाम के पेड़ों के बीच में ऊपर चांद चमक रहा था। उसकी छाती सहसा सैकड़ों सिसकियों से भर गई थी।

दूसरे आपरेशन से पांच दिन पहले जॉय को कलकत्ता जाने की आज्ञा मिल गई थी। डाक्टर वाट ने कहा था कि बदली की आज्ञा का उसे तुरन्त पालन करना पड़ेगा। उसे तीन दिन से ज्यादा ठहरने का समय नहीं मिल सका। उसे आज्ञा दी गई कि वह तुरन्त कलकत्ता के लिए प्रस्थान कर दे। निर्दय डाक्टर वाट जॉय को कसाई से कम न लगा। कमरे से जाते-जाते उसने जॉय से व्यंग्यपूर्वक कहा, 'मुझे खेद है कि उस हिन्दुस्तानी छोकरे की देखभाल का कार्य तुम्हे किसी और नर्स को सौंपना पडेगा।' जॉय कलकत्ता जाने से इनकार कैसे कर सकती थी? परन्तु वह इस समय नहीं जाना चाहती

थी। जावेद जीवन और मृत्यु के बीच झूल रहा था। और वह शायद अपने प्राणों से भी अधिक जॉय को चाहता था। परन्तु यदि वह कलकत्ता चली गई तो यह बात निश्चित थी कि जावेद कभी न बच सकेगा। यदि जावेद ने यह बात सुन ली तो भी अवश्य मर जाएगा। उसने निश्चय किया कि वह इस सूचना को अपने मन में छिपा लेगी। एक बार उसने डाक्टर वाट से प्रार्थना भी की कि वह उसकी बदली को थोड़े दिनों के लिए स्थगित करवा दे। उसने वचन दिया कि जावेद के अच्छा हो जाने के बाद वह तुरन्त कलकत्ता चली जाएगी। वह जावेद से प्रेम करती थी। और इस बात को डाक्टर के सामने स्वीकार करने में उसे संकोच अथवा लज्जा का अनुभव नहीं हुआ था। डाक्टर वाट ने उससे कहा था, 'तुम्हारी बदली किसी प्रकार भी स्थगित नहीं हो सकती। जैसे भी हो, तुम्हें तुरन्त कलकत्ता जाना पड़ेगा। हां, एक रास्ता है...' और यह कहकर उसने जॉय की ओर अर्थपूर्ण दृष्टि से देखा था और जॉय उसके कमरे से इस तरह कांपती हुई भाग आई थी मानो कोई राक्षस उसका पीछा कर रहा हो। जॉय हस्पताल की सब कुंवारियों में सबसे अधिक सुन्दर है। परन्तु वह क्या करे!...वह त्यागपत्र देकर वहां रह सकती थी। परन्तु उसे वहां हस्पताल में कौन घुसने देगा? और फिर वह कसाई...चार दिन के पश्चात् जावेद का आपरेशन था...जावेद, उसका प्रियतम जो जीवन और मृत्यु के बीच में झूल रहा था। इस दुविधा में दो दिन बीत गए। वह दिन-भर रोगियों की सेवा में व्यस्त रहती। सवेरे व शाम परमात्मा से प्रार्थना करती कि वह उसकी कठिनाई को दूर कर दे। परन्तु उसकी कठिनाई दूर होती दिखाई न देती थी। तीसरे दिन डाक्टर ने उसे धमकी दी और कहा कि वह यदि उसी दिन कलकत्ता न जाएगी तो उसे नौकरी से तुरन्त हटा दिया जाएगा, और हस्पताल में घुसने भी न दिया जाएगा। अगले दिन जावेद का आपरेशन था। वह क्या करे? सहसा उसने अपने मन में एक निश्चय कर लिया। आज भी जबकि उस घटना को तीन वर्ष बीत चुके थे, जॉय यह निश्चय न कर सकी थी कि उसका वह निश्चय ठीक था अथवा नहीं...चाहे कुछ हो, उस निश्चय के पश्चात परमात्मा ने उसकी

कठिनाई को दूर कर दिया था। उसकी बदली स्थगित हो गई थी। जॉय को, जो हस्पताल की कुंवारियों में सबसे सुन्दर थी, केवल इतना याद था कि अगले दिन जब वह अपने होंठ भींचे धड़कते हुए हृदय के साथ गार्डिना के फूलों का गुच्छा अपने कांपते हुए हाथों में लेकर जावेद के पास पहुंची, तो उसने देखा कि जावेद मरा पड़ा है...। पौ फट रही थी, रोशनदान के रास्ते से सूरज का सोना बह-बहकर अन्दर आ रहा था। पूर्वी आकाश में किरणों के मानो खेत लहरा रहे थे। परन्तु जावेद प्रकृति के सारे सौंदर्य से उदासीन होकर किसी दूसरी दुनिया में चला गया था। जॉय ने गार्डिना के फूल अपनी उंगलियों में मसल डाले थे। वह जावेद की छाती पर झुक गई थी और अपने दोनों हाथों से अपना मुख छिपाकर सिसकियां लेने लगी थी—तीव्र, कटु, बोझिल, असह्य, लम्बी-लम्बी सिसकियां।

सवेरे जब क्रिश्चियन जागा तो उसने देखा कि मिस जॉय उसकी छाती पर अपना मुख अपने हाथों से ढांपे सो रही थी। उसने उसे धीरे से झंझोड़ा, "मिस साहब...मिस साहब !..." फिर वह हल्की-सी चीख मारकर परे हट गया। कुंवारी जॉय की आंखें सदा के लिए बन्द हो चुकी थीं।

दातुन वाले

नौशेरवांजी पारसी का घर समुद्र के तट पर था। इसलिए उसने यह घर अत्यन्त सावधानी से बनवाया था कि कहीं यह समुद्र के तूफानों की भेंट न चढ़ जाए। ठोस नींव पर उसने एक मंजिल ऊंचा पत्थरों का चबूतरा बनवाया था और फिर इस चबूतरे के ऊपर उसने मकान बनवाया। था। मकान तीन मंजिल का था औय प्रत्येक मंजिल की दीवारें साधारण मकानों की दीवारों से दुगनी ऊंची होंगी। मकान के भीतर पन्द्रह कमरे थे और छः स्नानागार। मकान में वह अकेला रहता था। एक नौकर और नौकरानी उसकी सेवा करने के लिए लगे हुए थे। नौशेरवां पारसी की आयु पचास से ऊपर होगी। उसने विवाह नहीं किया था। उसका स्वास्थ्य बहुत अच्छा था। उसके पास बहुत धन था। समुद्र के किनारे पर अन्य धनवानों के पांच-छ: घर और भी थे, परन्तु नौशेरवांजी का घर सबसे ऊंचा था और दूर से किसी समुद्री लुटेरे का गढ़-सा प्रतीत होता था। सब लोग नौशेरवांजी का सम्मान करते थे, क्योंकि वह बहुत नेक बूढ़ा था। अन्य धनवान लोगों की भांति कभी किसी का दिल नहीं दुखाता था। वह पड़ोसियों का सम्मान करता और कभी किसी से न झगड़ता। बहुत समय बीता उसने अपना ताड़ीखाना, जिससे उसने लाखों रुपए कमाए थे, बन्द कर दिया था और समुद्र के तट पर अपनी ऊंची अट्टालिका में शान्त एकांत जीवन व्यतीत कर रहा था।

नौशेरवांजी का नियम था कि वह बहुत सवेरे उठकर बाहर सैर को निकल जाता और सूर्य उदय होते ही लौटकर मकान में आ जाता। फिर शौच इत्यादि से निवृत्त होकर, नाश्ता कर, समाचार-पत्र का अध्ययन करता। नई-नई पत्रिकाओं को देखता। उसे अमरीका की पत्रिकाएं बहुत पसन्द थीं। इतने सुन्दर चित्र होते उनमें कि मनुष्य देखता ही रह जाए। नाश्ते के पश्चात् वह ईवनिंग पोस्ट' का कोई धारावाहिक उपन्यास ले बैठता और अपने छोटे-से सुन्दर बचीचे में आरामकुर्सी पर बैठे-बैठे या जामुन के पेड़ के झूले में लेटे-लेटे उसे समाप्त कर डालता। इतने में खाने की घण्टी बजती और वह खाना खाने के पश्चात् अपने शयनागार में चला जाता। वहां नौकरानी उसके पांव दबाने लगती और वह मद्धिम-मद्धिम, हल्के-हल्के ज्वार-भाटे में तैरता हुआ निद्रादेवी के लोक में पहुंच जाता। पांच बजे के लगभग जब उसकी आंख खुलती तो वह चीनी चाय के दो नमकीन प्याले पीकर बाहर सैर को चला जाता। रास्ते में पड़ोसियों से, उनकी बहू-बेटियों से, उनके लड़के-बालों से स्नेहपूर्ण 'साइबजी' करता और मुस्कराता हुआ, छड़ी घुमाता हुआ तट के किनारे-किनारे सैर करता और जब संध्या की लालिमा रात्रि का काला लबादा ओढ़कर सो जाती और पवन की शीतलता बढ़ जाती और मछुए अपने तिकोने पालों का रुख घर की ओर मोड़ देते तो नौशेरवांजी पारसी भी हौले-हौले पग धरता अपने घर को लौट जाता और फिर कोई नशे वाली शराब पीकर और खाना खाकर सो जाता और मकान की बत्तियां बुझ जातीं और समुद्र का शोर रात की निस्तब्धता का मुख्य अंग बनकर सारे घर को अपनी गोद में ले लेता। कितना पवित्र, स्वच्छ, निथरा-निथरा था नौशेरवांजी पारसी का जीवन—किसी हल्के नशे वाली गुलाबी मदिरा की भांति शान्तिदायक!

नौशेरवांजी पारसी ने अपने घर से समुद्र के तट तक कोई तीन फलाँग के फासले तक पक्की सड़क बनवा रखी थी। यहां भूमि नीची थी परन्त नौशेरवांजी अपने घर की भांति सड़क के लिए भी ऊंचे चबूतरे वाली टेकनीक को प्रयोग में लाया था। उसने सड़क ऊंची बनवाई थी और उसके आसपास की भूमि नीची थी। दिन के बारह बजे जब समुद्र की उछलती हुई लहरें आतीं तो नीची भूमि में

चारों ओर पानी फैल जाता, परन्तु सड़क बिलकुल सुरक्षित रहती। छोटी-छोटी लहरें उसकी सतह के किनारों को छूने का प्रयत्न करतीं परन्तु सदा असफल रहतीं। यह सड़क बहुत दूर तक चली जाती और फिर समुद्र के तट पर आकर सहसा समाप्त हो जाती। यहां नारियल का झुण्ड था जहां प्रत्येक इतवार को सुन्दर स्त्रियों के साथ कुरूप पुरुष और युवतियों के साथ वृद्ध पुरुष और अधेड़ आयु की स्त्रियों के साथ सुन्दर लड़के ऐश करने के लिए आते थे। यहां पर सड़क समाप्त हो जाती थी, क्योंकि जीवन का ध्येय भोग-विलास के अतिरिक्त और कुछ नहीं। इसके आगे समुद्र ही समुद्र है जहां सब कुछ डूब जाता है।

एक दिन नौशेरवांजी पारसी जब सवेरे सैर को निकला तो चारों ओर बड़ी घनी धुंध छाई हुई थी। सड़क के किनारे-किनारे झाड़ियों से धंध ऐसे लिपटी हुई थी, जैसे सनुद्र की लहरों से झाग। समुद्र के किनारे ताड़ के वृक्ष उन हबशियों की भांति तने खड़े थे, जो अपने तेज नुकीले भाले लिए हुए शत्रु की घात में हों। धुंध के उस श्वेत वन में नौशेरवांजी पारसी बड़े आनन्द से धीरे-धीरे चलता हुआ रास्ता तय कर गया। यहां पर सड़क मुड़कर तट की ओर सीधी चली जाती थी। इस मोड़ पर कीकर और जामुन के बहुत-से वृक्ष थे और यहां पर एक बेंच पड़ा था जहां पर नौशेरवांजी पारसी प्रतिदिन कुछ मिनट बैठकर विश्राम कर लेता और फिर आगे जाने का संकल्प करता। नौशेरवांजी पारसी धीरे से अपनी बेंच पर बैठ गया, परन्तु उसे यह देखकर बड़ा अचम्भा हुआ कि आज बेंच के दूसरे सिरे पर कोई और भी बैठा है और बड़ी कुशलता से कीकर की टहनियों को पत्तों और कांटों से साफ कर रहा है। टहनियों की सफाई की इस क्रिया में एक झुरझुरी का-सा स्वर पैदा हो रहा था जो कानों को बड़ा भला लग रहा था और जिसमें चूड़ियों की खनक का मद्धिम-मद्धिम संगीत भी सम्मिलित था। नौशेरवांजी पारसी की ओर उस युवती ने यंही एक उचटती-सी दृष्टि से देखा और फिर वह उसे भूलकर अपने काम में लग गई। सहसा वह मुस्कराकर बोली, "चन्दा!"

निकट के एक वृक्ष से आवाज आई, "हो"

युवती ने कहा, "चन्दा, यह जगह तो बहुत अच्छा है। कीकर की टहनियों

से जान पड़ता है, यह जगह किसी दातुनवाले को नहीं मालूम।"

निकट के वृक्ष से फिर पुरुष की वही भारी आवाज आई, "हो।"

और उसके पश्चात् बहुत देर तक वृक्ष के ऊपर टहनियौ के कटने की आवाज आती रही और बेंच पर चूड़ियों की खनक में पत्तों और कांटों के साफ किए जाने की झुरझुरी आवाज सुनाई देती रही। और सफेद धुंध उसी प्रकार चारों ओर लिपटी रही, और नौशेरवांजी पारसी चुपचाप अपने वृक्ष पर दातुनवालों को हाथ साफ करते हुए देखता रहा और कुछ न बोला।

फिर वृक्ष के ऊपर से कोई पुकारा, "कामिनियां!"

बेंच पर बैठी हुई स्त्री ने उत्तर दिया, "हो।"

"चार गट्ठों की टहनियां तो काट ली हैं। बहुत होंगी कि और काटूं?"

"नहीं, चन्दा, एक गट्ठा और काट लो। मैं पांचों के पांचों बेच डालूंगी। ऐसे लहक-लहक के गाऊंगी कि बाबू लोगों को दातुन खरीदनी ही पड़ेगी।"

वह हंसी और नौशेरवांजी को प्रतीत हुआ मानो धुन्ध छंट गई हो। और समुद्र के पानी से कोई शीतल लहर आकर उसके कपोलों को स्पर्श कर गयी हो। नौशेरवांजी पारसी को उस स्त्री के श्यामल-श्यामल गदराए हुए हाथ, डालियां संवारते हुए बड़े अच्छे लगे। उसकी तीखी नाक की कील भी अच्छी लगी। उसके काले-काले नयनों की चमक भी भली लगी। और धुन्ध में उलझे-उलझे केश...

कामिनियां बोली, "चन्दा!"

चन्दा ऊपर से बोला, "हो।"

"आज सिनेमा जाएंगे।"

"नहीं, तेरे लिए चुंदरी लेंगे।"

"नहीं, आज सिनेमा जाएंगे। देख तो सही, कब से सिनेमा नहीं देखा। दो साल हो गए। ब्याह के दिन देखा था—याद है?"

कामिनियां के अधर कंपकपाने लगे। नौशेरवांजी पारसी को कामिनियां के धुन्ध में भीगे-भीगे ताजा-जाजा होंठ बड़े भले प्रतीत हुए। उसका जी चाहा

कि वह इस लड़की को और इसके पति को अभी जेव से निकालकर सिनेमा के लिए पैसे दे दे या स्वयं उन्हें अपनी मोटर में बिठाकर सिनेमा ले जाए। परन्तु वह नौशेरवांजी पारसी था और वे दातुनवाले थे और ऐसा नहीं हो सकता था।

नौशेरवांजी पारसी ने काफी विश्राम कर लिया था। अब वह धीरे से उठा और छड़ी को कड़ी भूमि पर जमाता हुआ आगे निकल गया। चन्दा ने घनी टहनियों में से पुकारा, "यह कौन था?"

कामिनियां ने कहा, "जाने कौन था, कोई बुड्ढा था और मुझे बुरी तरह घूर रहा था।" वह खिलखिलाकर हंसने लगी। ऊपर टहनियों में से भी किसी के हंसने का स्वर सुनाई दिया और वे वाक्य और वह हंसी नौशेरवांजी पारसी ने सुन ली, परन्तु वह मुस्कराता हुआ आगे चला गया। दूसरे दिन वे फिर उसे यहीं मिले। वे दोनों आमने-सामने बैठे थे और टहनियां छीलते जाते थे। लड़की की साड़ी फटी हुई थी और घुटनों से ऊपर थी। वह उसकी टांगों की सुडौल गोलाई और उनकी उज्ज्वल रंगत देख सकता था। लड़के के सिर पर एक अद्भुत-सी टोपी थी जैसी प्रायः बंजारे पहना करते थे—काले रंग की एक तिकोनी-सी टोपी जिसके ऊपर एक बड़ा-सा फुदना था और टोपी के चारों ओर छोटे-छोटे सफेद सितारेसे लगे हुए थे। दायें कंधे पर कमीज फट रही थी और उसकी भुजाओं की उभरी हुई मछलियां दिखाई दे रही थीं। उसके कानों में बालियां थीं और उसकी आंखें भयरहित थीं और वह बार-बार कामिनियां की ओर देखकर मुस्कराता था।

नौशेरवांजी ने पूछा, "तुम कहां के हो?"

चन्दा ने कहा, "हम कहीं के नहीं हैं और हम सब जगह के हैं। हम शहर के बाहर रहते हैं और शहर में दातुन बेचते हैं।"

नौशेरवांजी ने पूछा, "तुम कहां रहते हो?"

चन्दा ने उत्तर दिया, "इस जंगल के छोर पर हमारी झोंपड़ियां हैं। वहां हम सब लोग रहते हैं। फिर जब इस जंगल से कोमल टहनियां नहीं मिलेंगी तो हम इस जंगल को छोड़ देंगे और चले जाएंगे।"

नौशेरवांजी ने कहा, "तुम्हें ज्ञात है, ये पेड़ मेरे हैं, जिनसे तुम दातुन तोड़ रहे हो ?"

चन्दा मौन रहा। कामिनियां ने जल्दी में दो बार पलकें झपकाईं, परन्तु वह मौन रही। नौशेरवांजी पारसी ने कहा, "परन्तु इसमें दोष की कोई बात नहीं है। मुझे तुम्हारा यहां आकर दातुन तोड़ना बुरा नहीं लगता। तुम्हें मेरी ओर से आज्ञा है। तुम प्रत्येक दिन यहां आकर दातुनों के लिए टहनियां तोड़ लिया करो।"

चन्दा ने प्रसन्न होकर कहा, "सेठ, दातुनें तोड़ने से लोग न जाने क्यों रुष्ट होते हैं और हमें जेल भिजवाने की धमकी देते हैं। हम तो दातुनों के लिए टहनियां तोड़ कर वृक्ष को छिदरा करते हैं और उन्हें मजबूत बनाते हैं।"

"वह कैसे ?" नौशेरवांजी ने पूछा।

चन्दा ने उत्तर दिया, "वृक्षों पर टहनियां बहुत होती हैं और बड़ी घनी-घनी होती है। इससे वृक्ष दुर्बल हो जाता है; जैसे वह स्त्री, जिसके बहुत-से बच्चे हों।"

कामिनियां मुस्कराई, चन्दा के हाथ मारकर बोली, "चल हट !"

"हां, मैं सच कहता हूं, अधिक और सघन टहनियों से वृक्ष दुर्बल हो जाता है। हम लोग दातुनें काट-काटकर टहनियों को छिदरा कर देते हैं, न दोनों ही मजबूत हो जाएं। कभी आपने देखा है कि आपके बाग का माली भी इसी प्रकार वृक्षों को छिदरा करता है ?"

"हां, करता तो है।" नौशेरवांजी ने उत्तर दिया।

"बस, हम भी यही करते हैं। अन्तर केवल इतना है कि वह आपके बाग का माली है और हम जंगल के माली हैं। हम लोग टहनियों को इस प्रकार काटते हैं कि दोबारा जो टहनियां निकालें, वे पहले से लम्बी और मोटी हों।"

कामिनियां बोली, "जिससे कि तुम और दातुनें काट सको। चल हट, क्या सेठ को बनाता है !"

कामिनियां हंसी, चन्दा हंसा, नौशेरवांजी हंसा और वे तीनों मित्र हो गए। अब नौशेरवांजी का नियम हो गया कि वह हर रोज सैर के समय मोड़ पर

रुककर चन्दा और कामिनियां से दो-चार मिनट बातें करता। उनके सुख और दुख में क्षणों के लिए सम्मिलित हो जाता और उन बंजारों के सुख-दुःख को कुछ क्षणों के लिए बांट लेता। कुछ घड़ियों के लिए उनकी प्रसन्नता में सम्मिलित होकर स्वयं को एक नई दुनिया में पाता—वह दुनिया, जिससे वह बाल्यावस्था से वृद्धावस्था तक पृथक् रहा था—वह दुनिया, जिसे उसने दूर से ही देखा था। लोग निर्धन होकर भी इतने सुन्दर, सज्जन और स्नेही हो सकते हैं। ये निर्धनता और निराशा के अंधियारे में भी जीवन की किरण कहीं से ढूंढ़कर ले आते हैं और इसी के सहारे जीते हैं, मुस्कराते हैं, प्रेम करते हैं, नेक बनने का प्रयत्न करते हैं और मर जाते हैं। नौशेरवांजी ने पूछा, "चन्दा, तुम्हें कहीं किसी स्थान पर जमकर बैठना क्यों बुरा लगता है?"

चन्दा ने कहा, "इसलिए कि मेरा काम यही है—एक वृक्ष की टहनियों से दूसरे वृक्ष की टहनियों पर कूदना। मैं कहीं जमकर बैठूं तो खाऊं कहां से?"

नौशेरवांजी ने कहा, "प्रत्येक प्राणी कहीं एक स्थान पर रहता है, वहां घर बनाता है, उस स्थान से प्यार करता है, उसे अपना देश समझता है।"

चन्दा ने कहा, "यह औरत मेरा देश है। मैं इसे प्यार करता हूं। जहां हम दोनों रहते हैं, वहां हमारा घर है। क्यों कामिनियां?"

कामिनियां के अधर कंपकंपाए और वह लज्जा से लाल हो गई और उसका मुख लाज के अरुणिम जल से भीग गया और उसे प्रतीत हुआ मानो सहस्रों पुरुषों के सम्मुख चन्दा ने उसका चुम्बन ले लिया हो। चन्दा ने गर्व से कामिनियां की ओर देखा और फिर गर्वपूर्ण स्वर में बोला, "सेठ, यह समस्त भूमि और इसके सारे बूटे हमारे हैं। हम दातुनवाले हैं।"

एक दिन प्रातःकाल के समय वे नहीं आए। नौशेरवांजी दिन-भर विचलित रहा। उसे नाश्ता नहीं भाया और उसने अपने स्वभाव के विपरीत नौकर को डांट दिया। उस दिन बगीचे में आरामकुर्सी पर बैठे-बैठे उसका मन अध्ययन करने में भी न लगा। झूले में बैठा तो वहां भी चित्त शान्त न हुआ। लंच के पश्चात् भी वह सो न सका और अपने रेशमी बिस्तर पर पड़े-बड़े करवट बदलता रहा।

अन्त में विचलित होकर उठ खड़ा हुआ और वस्त्र बदलकर जाने लगा। उसके नौकर ने बड़े विस्मय से पूछा, "इस समय आप धूप में कहां जा रहे हैं?"

नौशेरवांजी ने बहुत कटुता से उत्तर दिया, "मैं तनिक बाहर मोड़ तक जा रहा हूं।"

बाहर कोई सड़क पर न था। सड़क के दोनों ओर समुद्र का पानी था। सामने जहां तक दृष्टि जाती, पहाड़ियां सूर्य की प्रचण्ड अग्नि में तपकर चमक रही थीं। मोड़ पर झुण्ड के समीप पहुंचा तो चन्दा और कामिनियां की परिचित सूरतें दिखाई दीं। उसने तनिक तीखे स्वर में पूछा, "आज सवेरे क्यों नहीं आए?"

कामिनियां मौन रही।

चन्दा ने कहा, "इसका बाप बीमार है।"

"क्या हुआ उसे?"

"ज्वर आ रहा है। जड़ी-बूटी से कोई लाभ नहीं हो रहा।"

"तो उसे किसी डाक्टर के पास ले जाओ।

चन्दा मौन हो गया।

कामिनियां की पलकें डगमगाकर कपोलों पर गिर पड़ीं।

नौशेरवांजी ने कहा, "यह लो, तुम दस रुपए ले जाओ, डाक्टरी चिकित्सा कराओ।"

कामिनियां ने कहा, "नहीं, नहीं, हमें रुपए नहीं चाहिए।"

चन्दा ने रुपए ले लिए। कामिनियां से कहने लगा, "सेठ का पैसा लौटा देंगे थोड़े-थोड़े करके। तुम्हारे बाप की दवा-दारू तो करा लें।"

नौशेरवांजी ने कहा, "लौटाने की आवश्यकता नहीं है—चन्दा, अब तुम घर जाओ, दोनों।"

कामिनियां ने कहा, "चले जाएंगे, दातुनें तो बना लें।"

चन्दा ने कहा, "ये रुपए तो केवल इलाज के लिए हैं। पेट भी तो पालना है। दातुने नहीं बेचेंगे तो खाएंगे कहां से?"

नौशेरवांजी ने पूछा, "तुम दिन में कितना कमा लेते हो?"

चन्दा ने कहा, "दिन में चार आने कमाता हूं, यह आठ आने कमाती है।"

नौशेरवांजी ने पूछा, "यह आठ आने क्यों कमाती है?"

"औरत है, गाकर बेचती है, सभी खरीदते हैं।"

नौशेरवांजी हंसने लगा, चन्दा भी हंसने लगा, कामिनियां भी हंसकर कहने लगी, "चल हट!"

चन्दा बोला, "अब हंस रही हो मेरी बन्नो।...यह सवेरे से चिन्तामग्न थी कि डाक्टर के पास कैसे इसके बाप को ले जाएं। अब यहां दातुनें बनाते-बनाते भी हम यही सोच रहे थे। सेठ, तुम सचमुच देवता बनकर इस समय आ गए।"

कामिनियां ने पलक उठाकर अपनी बड़ी-बड़ी आंखों से नौशेरवांजी पारसी की ओर देखा—उसके नेत्रों में विक्ष्मय था और कृतज्ञता की भावना।

नौशेरवांजी पारसी घबराकर उठा और बोला, "अच्छा तो मैं चलता हूं।"

नौशेरवांजी चला गया तो चन्दा ने कहा, "धनी लोगों में सहृदय और सज्जन पुरुष भी होते हैं।"

"हां। सभी धनवान बुरे थोड़े ही होते हैं!" कामिनियां ने उत्तर दिया।

"हां, वही? प्रायः तो ये लोग बड़े दुष्ट होते हैं, परन्तु कोई-कोई...अब यह नौशेरवांजी तो बहुत अच्छा आदमी है।"

कामिनियां का बाप स्वस्थ हो गया, परन्तु चन्दा को उसकी चिकित्सा के लिए नौशेरवांजी से चालीस रुपये उधार लेने पडे। चन्दा और कामिनियां ने और कामिनियां के बाप और चन्दा के मां-बाप ने मेहनत-मजदूरी करके, दातुनें बेच-बेचकर और भूखे रह-रहकर रुपये चुका दिए।

नौशेरवांजी ये रुपये नहीं लेला था परन्तु चन्दा इन्हें लौटाने पर तुला हुआ था, "मैं एक पाई भी नहीं रखूंगा, एक कौड़ी भी नहीं।"

कामिनियां ने कहा, "यदि सेठ नहीं लेना चाहते तो क्या है, रहने दो।

देखो, मेरी साड़ी तार-तार हो गई है, नई लूंगी। विवाह के पश्चात् तो कोई साड़ी ले नहीं सकी, इसीसे काम चला रही हूं। ये चालीस रुपये उसे न दो।"

चन्दा ने कठोरता से कहा, "तो मैंने कौन-सी नई कमीज या धोती ले ली है? ये चालीस रुपये तो उसे दिए जाएंगे।"

फिर घर में प्रत्येक व्यक्ति की निगाहें चन्दा की विकराल मुद्रा देखकर झुक गईं। हरएक ने कहा, "हां, ये चालीस रुपये दे दिए जाएं।" और फिर चन्दा ने धीरे-धीरे गिनना आरम्भ किया—एक, दो, तीन, चार, पांच, छः, सात... कामिनियां विचारने लगी कि वह सबसे पहले उठती है। सबके लिए भोजन बनाती है, मुंह-अंधेरे सब भोजन कर लेते हैं और फिर वह बर्तन मांजने लगती है...चन्दा गिन रहा था—आठ, नौ, दस, ग्यारह, बारह, तेरह...बर्तन मांजने के पश्चात् वह स्नान करती है, चन्दा की मां के चरण दबाती है, वह बहुत बूढ़ी है और बिस्तर से हिल नहीं सकती। फिर वह चन्दा के साथ दातुनें काटने बाहर निकल जाती है।...चौदह, पन्द्रह, सौलह, सत्रह, अठारह, उन्नीस, बीस...

...वह दिन-भर दातुनें काटती है, कांटे साफ करती है, दातुनों के गट्ठे बनाती है और उन भारी गट्ठों को अपने कंधे पर रखकर शहर की ओर चल देती है...

...इक्कीस, बाइस, तेईस, चौबीस...पच्चीस...पच्चीस रुपये पच्चीस हजार दातुनें बेचने के पश्चात् मिलते हैं। दिन-भर कन्धे दुखते रहते हैं, सांस भारी हो जाती है, गला फाड़-फाड़कर चिल्लाना पड़ता है। वह देखती है कि घरों के द्वार पर सुन्दर स्वस्थ स्त्रियां साफ-सुथरे वस्त्र पहने सुन्दर बालकों को दूध पिला रही हैं, या चर्खा कात रही हैं या टोकरियों में सब्जी रखे भोजन बनाने की तैयारी कर रही हैं और वह कहती जाती है—दातुन ले लो जी, दातुन ले लो जी।...और उसके कन्धे बोझिल हो जाते हैं और नग्न पांवों में भी पीड़ा होने लगती है।...

...छब्बीस; सत्ताईस, अट्ठाईस, उनतीस...चन्दा सोचता है—वह उनतीस वर्ष का है। उनतीस वर्षों में उसे कई उनतीस फाके करने पड़े हैं। गाड़ी में बिना टिकट चलने पर चन्दा को और उसकी सुन्दर पत्नी को अनेक बार हवालात

में भूखा रहना पड़ा है, पुलिसवालों की गालियां खानी पड़ी हैं। परन्तु उसके अन्दर में तो स्वाभिमान की भावना है, भावना जो अन्य मनुष्यों में होती है। क्या वह टिकट लेकर गाड़ी में चढ़ना नहीं चाहता? परन्तु उसके पास टिकट के लिए पैसे क्यों नहीं होते, क्यों नहीं होते, क्यों नहीं होते?...

...तीस, इकतीस, बत्तीस, तैतीस,चौंतीस, पैंतीस, छत्तीस, सैंतीस, अड़तीस ...।

कामिनियां का बाप सोचता है—जीवन-भर गिन-गिनकर दातुनें काटता रहा और गिन-गिनकर एक-एक पैसा जोड़ता रहा और पचास वर्ष में उसके पास बीस रुपये से अधिक पूंजी न हो सकी और वह जीवनभर कभी रोगग्रस्त न हुआ और जब हुआ तो दस दिनों ही में पचास वर्ष की कमाई समाप्त हो गई। यह कैसा न्याय है, यह कैसा अंधेर है, ऐसा क्यों होता है?

...उनतालीस, चालीस।

धमक, जैसे हथौड़े की चोट पड़ती है, इस प्रकार अन्तिम रुपया धरती पर गिरकर बजा और कामिनियां ने जोर से कहा, "नहीं, नहीं, मेरा खून पियो जो ये रुपये उसे दे दो!" चन्दा ने रुपये कसकर पोटली में बांध लिए और कहा, "कामनियां! इसमें तुम्हारा, मेरा, हम सबका खून है, परन्तु फिर भी ये रुपये लौटाने होंगे।" कामिनियां के बाप की। रोगी आंखें क्रोध से जलने लगीं। उसने लाठी उठा ली। चन्दा के बाप ने अपना घूंसा तान लिया और वे दोनों चन्दा की ओर बढ़े। परन्तु चन्दा वहीं अपने स्थान पर खड़ा रहा। उसने अपनी भुजाएं अपनी छाती पर लपेट लीं।

चन्दा ने कठोरता से कहा, "मैं रुपये अवश्य लौटाऊंगा। यदि इस समय कोई मेरे पास आया तो उसकी खैर नहीं।"

इतना कहकर चन्दा लम्बे-लम्बे डग भरता हुआ घर से बाहर निकल गया। रुपया लौटाने के पश्चात् थोड़े ही दिनों में कामिनियां और चन्दा की कटुता और क्लेश दूर हो गया और वे दोनों फिर एक-दूसरे के प्रेम में गुंथे हुए बड़ी लगन और उत्साह से दातुनों का धन्धा करने लगे। नौशेरवांजी अब उन्हें

प्रतिदिन मिलता और दस-पन्द्रह मिनट उनके पास बैठता, उनका मनोरंजक बातों से जी खुश करता और कभी-कभी उन दोनों में झगड़ा हो जाता तो मध्यस्थ का काम करता और उनके झगड़े निबटाता और संधि कराने के पश्चात् उनकी प्रसन्नता में शामिल होता।

कभी-कभी वे लोग अपनी पोटली खोल चने खाने लगते तो वह भी उनके साथ चने खाता और बराबर का भाग लेता। कभी-कभी उनमें चने बांटने पर बड़ी छीना-झपटी होती थी और कामिनियां को कम चने मिलते तो उस समय नौशेरबांजी बड़ी उदारता से अपने चनों में से कुछ चने कामिनियां को दे देता और इस पर चन्दा कामिनियां का पक्ष लेने पर आरोप लगाता और फिर नौशेरवांजी कुछ चने चन्दा को भी दे देता और इस प्रकार हास्य-विनोद चलता रहता। वे दोनों, चन्दा और कामिनियां, उसे ऐसे चाहने लगे जैसे कोई अपने बड़ों से प्यार करता है। नौशेरवांजी भी उनसे बच्चों जैसा व्यवहार करता। उसके व्यवहार में एक अनोखा स्नेह, सहानुभूति और कोमलता आ गई थी।

एक बार कोई तीन-चार दिन तक चन्दा और कामिनियां नहीं आए। चौथे दिन नौशेरवांजी ने देखा कि चन्दा अकेला पेड़ पर चढ़ा दातुनें काट रहा है। नौशेरवांजी ने पूछा, "चन्दा, तुम इतने दिन कहां रहे?" चन्दा ने कोई उत्तर नहीं दिया।

नौशेरवांजी ने फिर पूछा, "चन्दा, कामिनियां कहां है?"

चन्दा ने फिर कोई उत्तर नहीं दिया। वह टहनियां काटता रहा और जब टहनियां काट चुका तो वृक्ष से उतरकर बेंच पर बैठ गया और टहनियों से पत्ते और कांटे उतारने लगा।

नौशेरवांजी ने पूछा, "चन्दा, नहीं बताओगे, कामिनियां कहां है?"

चन्दा के होंठ कांपे—वह कुछ कहना चाहता था, फिर कुछ सोचकर रुक गया। धीरे से बोला, "वह...वह...बीमार है।"

"बीमार है?" नौशेरवांजी ने घबराकर पूछा, "क्या रोग है उसे?"

"उसे ज्वर है, सरसाम। ऊल-जलूल बकती है।"

"अरे!" नौशेरवांजी के मुंह से अनायास निकला। वह देर तक चुप

रहा। देर तक टहनियों के छीलने और काटने की क्रिया जारी रही। अन्त में नौशेरवांजी ने पूछा, "मुझे उसके पास ले चलोगे?"

चन्दा ने भयभीत दृष्टि से नौशेरवांजी की ओर देखा और फिर इनकार में सिर हिला दिया, "वह गाली देती है, उसे कुछ होश नहीं है कि वह क्या कर रही है, क्या कह रही है। इस समय उसे देखना उचित नहीं है।"

नौशेरवांजी ने जेब से पचास रुपये निकालकर चन्दा के सामने रखे, "इन्हें ले लो, उसका इलाज कराओ, इनकार न करो।"

परन्तु चन्दा ने रुपये नहीं लिए, बोला, "मेरे पास हैं, इनकी आवश्यकता नहीं।"

दूसरे दिन चन्दा सवेरे नहीं आया, दोपहर को आया। नौशेरवांजी ने पूछा, "अब कैसी दशा है?"

चन्दा ने कहा, "दशा?—उसकी दशा पहले से भी बुरी है, ज्वर बहुत तेज है। अब उसकी आंखें भी अंधी हो गई हैं। अब वह कुछ नहीं देख सकती। राम जाने कैसी बीमारी है! उसे कुछ पता नहीं चलता।"

"उसे किसी अच्छे डाक्टर को दिखाओ। मेरी मानो, रुपये मुझसे ले लो, बाद में दे देना, जैसे तुमने पहली बार लौटा दिए।"

चन्दा ने कहा, "नहीं-नहीं, अब मैं किसीसे कर्ज नहीं लूंगा।" इतना कहकर वह सहसा उठकर वहां से चला गया। नौशेरवांजी पारसी भी चिंतित वहां से लौट आया।

उसके दूसरे दिन चन्दा नहीं आया। सवेरे जब नौशेरवांजी पारसी मोड़ पर पहुंचा तो वह वहां नहीं था। परन्तु नौशेरवांजी ने अपनी खोज जारी रखी। वह दोपहर को भी समुद्र के तट पर गया।

परन्तु चन्दा दोपहर को भी दातुने काटने नहीं आया। संध्या के समय भी नौशेरवांजी उस मोड़ पर गया तो वहां चन्दा न था। आज नारियल के झुण्ड में भी कोई विलास करने वाला जोड़ा न था। सूर्य अस्त हो चुका था और तट की उदास-उदास रेत निर्जीव समुद्र के तट के साथ-साथ फैली पड़ी थी। उस रेत पर एक आदमी उकड़ूं बैठा था।

"चन्दा !" नौशेरवांज़ी चिल्लाया।

"चन्दा वंजारा है और बंजारे का देश उसकी औरत है। आज देश मर गया है। सेठ !"

चन्दा ने धीरे से दृष्टि उठाकर नौशेरवांजी की ओर देखा और निर्जीव स्वर में बोला, "वह मर गई और अब मेरे पास नहीं है और मेरे पास कुछ नहीं है।"

"चन्दा !" नौशेरवांजी ने जैसे चिल्लाकर कहा।

"चन्दा बंजारा है और बंजारे का देश उसकी औरत है। आज मेरा देश मर गया है सेठ। कामिनियां मुझे छोड़कर चली गई है और मेरे लिए संसार में कोई घर नहीं है। आज मैं उस वृक्ष की भांति हूं, जिसकी डालों से तातुनें न काटी जाएंगी। तुम जानते हो, हमारे यहां, बंजारों की बोली में, कहते हैं कि मर्द पत्तों से भरी कंटीली कीकर की एक डाल है, जिसे औरत छीलकर साफ-सीधा करती है और उसे दातुन बना देती है। मेरी दातुनवाली मर गई, सेठ !"

चन्दा धीरे से उठा और उसने अपने पांव समुद्र की लहरों में डाल दिए।

"ठहरो, ठहरो।" नौशेरवांजी चिल्लाया, "यह क्या कर रहे हो ?"

चन्दा ने कहा, "मुझे रोको नहीं। बंजारा अपने देश को जा रहा है, जहां उसकी कामिनियां को उससे कोई नहीं छीन सकेगा।"

"ठहरो, रुक जाओ !" नौशेरवांजी ने आगे बढ़कर कहा, परन्तु चन्दा समुद्र की लहरों में विलीन हो गया था। दूसरे क्षण उसकी तिकोनी, काले फंदनेवाली टोपी लहरों पर तैर रही थी।

घर

दिन को बम्बई जाना-पहचाना शहर मालूम होता है। उसकी गतिविधि, उसकी दौड़-धूप, उसकी चहल-पहल और उसके खेल-तमाशे आंखों में रसे-बसे मालूम होते हैं। परन्तु रात्रि के समय बम्बई में सफर करना, और वह भी बारह बजे के बाद ऐसा है जैसे अनजाने अजनबी समुद्र में नाव खेना। पता नहीं चलता कि कहां पानी गहरा है और कहां चट्टानें छिपी हुई हैं। कहां भंवर पड़ते हैं, और कहां लहरें इधर से उधर को घूम जाती हैं। देखने में लगता है, यह एक सीधा रास्ता है। यूनिवर्सिटी ग्राउंड के किनारे से होकर बड़े तारघर को जाता है। उसके किनारे एक अंग्रेज विद्वान् का बुत है, जिसके पास जामुन के दो पेड़ खड़े हैं। परन्तु रात के समय यहां जेबकतरों की एक टोली होती है। आगे चलिए तो पारसियों का एक कुआं है। कहते हैं कि जब पारसी लोग ईरान से भागकर भारत के तट पर आए थे, तो बम्बई में सबसे पहले उन्होंने इसी कुएं का पानी पिया था। इस कारण कुएं का पानी अब एक ऐतिहासिक और धार्मिक महत्त्व प्राप्त कर चुका है। इस कुएं के चारों ओर अब एक मजबूत लोहे का जंगला है। कुएं के ऊपर एक ऊंची कंकरीट की इमारत है। चारों ओर रोगन की हुई बेंचें बिछी हुई हैं। कुएं के पास एक जालीदार आला है, जिसमें बहुत-से दीप जलते रहते हैं। इन दीपों का प्रकाश, आले के बाहर लटके हुए फूलों के हारों से छन-छनकर आता है। दिन को पारसी लोग बेंचों पर बैठते हैं और कुएं का पानी पीते हैं और

भगवाध् की प्रार्थना में लीन नजर आते हैं। रात को इस कुएं की छज्जे वाली इमारत के पीछे रामधन फ्रूट वाला सोता है, और गुलाम अब्बास सिल्क के रूमाल और औरतों की अंगियां बेचने वाला, और यसुफ. सिन्धी फाउण्टेनपेन बेचने वाला और नत्थू चने वाला और उसका प्रतिद्वन्द्वी पंडित मुरलीधर।

प्रतिद्वन्द्वी का नाम आते ही मैं चौंका। गोरे और मैं इस रास्ते से जा रहे थे। मैं फ्लोरा फाउण्टेन जा रहा था, गोरे को बड़े तारघर में काम था। इसलिए हम दोनों साथ-साथ चल रहे थे और गोरे मुझे आस-पास का 'भूगोल' समझा रहा था। "प्रतिद्वन्द्वी क्यों?" मैंने गोरे से पूछा, "क्या दोनों के बीच कोई औरत थी?"

"नहीं"—गोरे ठोड़ी खुजलाते हुए हंसने लगा, "दोनों की लड़ाई औरत पर नहीं, सन्तरी पर होती है। बात यह है कि कुएं के पास जो चने वाला बैठता है, उसकी काफी बिक्री होती है। दोनों यहां चने बेचते हैं और दोनों चाहते हैं कि दोनों में से केवल एक यहां पर बैठे। इसलिए दोनों चौक के सन्तरी को अपने-अपने ढंग से रिश्वत देते हैं। नत्थ अधिक पैसे दे देता है, उस दिन सन्तरी पंडित मुरलीधर को कुएं पर से उठाकर गोखले के बुत के नीचे बिठा देता है, जहां कबूतर दिन-रात बीट करते रहते हैं। जिस दिन पंडित मुरलीधर का दांव चल जाता है, उस दिन नत्थू को कुएं से हटाकर गोखले के बुत के नीचे बिठा दिया जाता है। रात को दो-तीन घण्टे लड़ाई होती रहती है और सदा जिक्र उसी सन्तरी का होता है। इनकी लड़ाई बड़ी मनोरंजक होती है। ये नित-नई गालियों का आविष्कार करते हैं। चुनांचे गालियों की शब्दावली में विशेष रुचि रखने वाले भाषा-विशेषज्ञ बहुत दूर-दूर से इस दृश्य को देखने आते हैं। कभी-कभी बीच-बीच में रोककर कभी एक को, कभी दूसरे को बढ़ावा देते रहते हैं, जिससे समां बंधा रहता है। रात के बारह बजे के बाद यहां सचमुच बड़ी रौनक होती है। परन्तु जिस दिन से यूसुफ सिन्धी की हत्या हुई है, उसी दिन से कुएं का यह पिछवाड़ा उजड़ गया।"

"यूसुफ सिन्धी की हत्या क्यों हुई?" मैंने गोरे की बांहें पकड़कर उसे ठहरा लिया। हम लोग उस समय ठीक कुएं वाली इमारत के पीछे थे। वहां पर इस

समय कोई नहीं सो रहा था। जगह बिलकुल खाली थी। गोरे के काले होंठों पर एक कड़वी-सी मुस्कराहट आई। उसने घूमकर हाकी-ग्राउण्ड के पार उस नये रेस्तरां की ओर देखा, जिसे आल इंडिया वीमन्स कान्फ्रेंस के कार्यकर्ताओं ने सस्ता खाना और सस्ती चाय उपलब्ध कराने के उद्देश्य से खोला था। फिर वह लोहे के जंगले से पीठ लगाकर खड़ा हो गया। उसने अपनी निकर की जेब से बीड़ी निकालकर सुलगाई। एक मुझे दी। फिर मेरे कंधे पर हाथ रखकर बोला :

"यार, कभी तूने औरतों के होटल में खाना खाया है?"

"हां।"

"कैसा होता है?"

"पहली बात तो यह है कि वह औरतों को पकाया हुआ नहीं होता। दूसरी बात यह है कि फीका होता है, और मैं चटपटा, मसालेदार खाना खाने के हक में हूं। तीसरी बात यह है कि उस समय तो पेट भर जाता है, पर थोड़ी देर के बाद फिर भूख चमक उठती है। ऐसा लगता है जैसे कुछ खाया ही नहीं था, जैसे किसीने भूख के साथ छल किया था।"

"बिलकुल ठीक कहते हो," गोरे ने मेरे हाथ पर हाथ मारकर कहा, "ईरोज सिनेमा का पठान भी मुझसे यही कहता था। और फिर आठ आने की मूंगफली अच्छी। पेट में बस जरा-सा दर्द ही तो करती है।"

"पर वह हत्या?" गोरे ने जोर का कश लगाया और बीड़ी को जलाकर आधा कर दिया। फिर मुंह से धुआं निकालते हुए, धीरे-धीरे कहने लगा—जैसे किसी बड़ी लम्बी यात्रा की हजारों वर्ष पुरानी कथा कह रहा हो।

"वह सामने जो रेस्तरां है, उसमें एक लड़की बर्तन साफ करने का काम करती थी।"

"लड़की सुन्दर थी?" मैंने पूछा।

"नहीं, उली जवान थी। मगर साली क्या जवान थी—मैं खुद दो बार चाय पीने के बहाने उसे देखने गया। रामधन फ्रूट वाले की उसपर नजर थी।"

"यह रामधन फ्रूट वाला कौन था?"

"साले को तुमने नहीं देखा? अरे, कितनी ही बार देखा होगा। साला उस पारसी कुएं के पास फल बेचता था, जहां नत्थू और मुरलीधर चने बेचते थे। उनके बीच में उसकी साइकिल गाड़ी होती थी, जिसपर वह फ्रूट सजाकर बेचता था—कश्मीर की नाशपातियां, काबुल के अतार, चमन के अंगूर। वह केला, चीकू-वीकू नहीं बेचता था। साला बहुत कमाता था और रिश्वत भी बहुत देता था। यह जगह भी बहुत मौके की है। चर्च गेट के रास्ते पर जब क्लर्क लोग दफ्तर से छूटते हैं, तो हजारों की संख्या में इस फुटपाथ पर उसकी साइकिल गाड़ी के पास से गुजरते हैं। साले को आवाज भी नहीं देनी पड़ती थी। लोग आप रुककर उससे सौदा मोल लेने लगते।

"हां, तो यह था रामधन। उसका चेहरा आड़ू की तरह चमकता था। सिर घुटा हुआ था, जिसपर चुटिया सदा खड़ी रखता था। कल्ले में सदा पान रहता था। साले ने थूक-थूककर गोखले महाराज का चबूतरा गन्दा कर दिया है। किसी समय जाकर देखना। वही चाहने वाला था उस लड़की का। मगर साला बड़ा कंजूस था। जब शाम को लड़की अपने काम-काज से निबटकर उधर उसके पास आती, तो साला उसे कभी एक आड़ू या एक सेब देता। बस, एक फल और कभी तो वह उससे पैसे ही उधार मांग लेता था। कहता, 'आज कमाई नहीं हुई।' बड़ा पक्का बदमाश था—एक नम्बर का। वह लड़की पहले तो अपने होस्टल के बरामदे में सोती थी, फिर इधर फ्रूट वाले की गाड़ी के साथ अपना बोरिया बिछाकर सोने लगी, और रोज रामधन से एक खोली लेने के लिए कहती। और रामधन उससे कहता, 'खोली तो मेरे पास है, पर उसपर ताला लगा हुआ है, उसकी चाबी मेरे बड़े भाई के पास है, जो अपने घर मेरठ गया हुआ है। जब वह लौटकर आएगा, अपने को खोली मिल जाएगी। फिर वह तुम्हारा घर होगा।' लड़की घर का नाम सुनकर बड़ी हर्षोन्मत्त होती। इसी तरह तीन, चार, छः महीने बीत गए। रामधन का बड़ा भाई न आया, न चाबी मिली, न खोली। कहीं पर खोली होती तो मिलती। वह साला तो उसे चकमा दे रहा था। एक दिन क्या आ कि..."

"क्या हुआ?"

"वह लड़की न आई।"

"नहीं आई?"

"हां, रामधन रात के तीन बजे तक बाट देखता रहा, पर वह लड़की न आई। वह साला बहुत चकराया। अपने पुलिस के दोस्तों को लेकर इधर-उधर घूमने लगा। दस-बारह पेशा कराने वालों के घर भी देख डाले। लड़की सुबह को लौटी और बहुत पिए हुए थी।"

"बहुत पिए हुए थी?"

"हां, बहुत पिए हुए थी। और उसके मुंह से बदबू आ रही थी। और वह लगभग बेसुध थी। रामधन ने उसे बहुत पीटा, 'बता साली, किधर मर गई थी?'

"लड़की बोली, 'एक मर्द के साथ गई थी। वह कहता था—मैं तुझे अपने घर में रखूंगा।'

"फिर साली, उसके घर में क्यों नहीं रही,' रामधन ने उसे लात मारते हुए कहा, 'यहां क्यों आ गई?'

"लड़की ने कहा, 'वह मुझे अपने घर नहीं ले गया। वह मुझे एक होटल में ले गया।'

"रामधन ने उसके सिर के बाल पकड़कर उसे नीचे गिरा लिया और उसकी पीठ पर दो-चार मुक्के जोर से मारे। लेकिन लडकी को जैसे मालूम ही न था कि उसके साथ क्या व्यवहार किया जा रहा है। वह उसी शराब के नशे में कह रही थी, 'घर नहीं होटल, होटल नहीं बरामदा, बरामदा नहीं साइकिल गाड़ी। हे भगवान्, मुझे छोटा-सा एक घर ले दो, एक नन्हा-मुन्ना-सा घर बिलकुल इतना छोटा घर, जितनी दूर तक मेरी बांहें फैल सकती हैं।"

"फिर रामधन ने उसे और पीटा, और पीटा, परन्तु लड़की मार खाने के बाद भी होश में न आई। उसी बेसुधी की अवस्था में सो गई और दोपहर को उठकर चुपचाप काम करने चली गई जैसे कुछ हुआ ही नहीं।"

"फिर?"

"फिर इस घटना के दो दिन बाद यूसुफ सिन्धी इस फुटपाथ पर आ गया। यूसूफ सिन्धी को रामधन फ्रूट वाले की बगल में जगह मिली। वह वहां अपना कपड़ा बिछाकर सिल्क के रूमाल बेचता था। कभी फाउण्टेन पेन, कभी जुराबें, कभी लिखने का कागज। बडा चालाक था। दुबला-पतला गोरे रंग का लड़का था। आंखें बड़ी तेजी से इधर-उधर घूमती थीं। बड़ी जल्दी-जल्दी बातें करता था। दूसरे आदमी को सोचने का मौका ही न देता था। बड़ी जल्दी से उसने यहां अपना रंग जमा लिया। पता नहीं, साला कहां से चीजें निकालकर लाता था, बाजार से सदा सस्ता भाव होता था। धड़ाधड़ उसकी बिक्री होती थी। इस फुटपाथ पर मैंने बड़े-बड़े तेज बेचने वाले देखे, पर यूसुफ सिन्धी का जवाब न था। बस दो-तीन घण्टे दूकानदारी करता था। एक तो सुबह दस से ग्यारह तक, दूसरे, शाम को चार से छः तक। बस, सारा माल खत्म कर डालता था। फिर दिन-भर क्या करता था, हमको नहीं मालूम। उस साले के पास भी सोने को जगह न थी। वह भी रामधन के पास, इस कुएं की इमारत के पीछे सोने लगा। धीरे-धीरे उसने उस लड़की से मिलना शुरू कर दिया। एक बार उसे सिल्क का रूमाल दिया, फिर नौ गज की एक सूती साड़ी लाकर दी। साला था बड़ा फिजूलखर्च। रामधन की तरह कंजूस न था। पर ईमान की बात कहता हूं, यूसुफ उस लड़की के लिए ही था। बोलता था, 'मैं तुझसे शादी करूंगा, तेरे लिए एक खोली लूंगा, वहां एक रानी की तरह रखूंगा।' अगर वह जिन्दा रहता तो वह सब कुछ करता। मगर बेचारा मारा गया। जिस दिन सौ रुपये देकर परेल में एक खोली ली, उसी रात मारा गया। अगले दिन सुबह वे अपनी खोली में जाने वाले थे, जैसाकि नत्थू चने वाले ने पुलिस में बयान दिया। वे लोग उस रात बड़ी देर तक बातें करते रहे। देर तक धीमे-धीमे सुरों में फिल्मी प्रेम-गीत गाते रहे। जैसे उस रात सचमुच उनका ब्याह हो रहा हो। छः महीने की मेहनत के बाद यूसुफ ने परेल में खोली ली थी। उस रात वह होटल से बहुत-सा खाना लाया था, जिसे लड़की, यूसुफ और नत्थू चने वाले ने मिलकर खाया। और मुरली तो पंडित था इसलिए उसने नहीं खाया। और रामधन ने तो कई महीनों से वहां

सोना छोड़ दिया था। अब वह अपनी साइकल गाड़ी को गोखले के वुत के पास रखता था और वहीं सोता था। जब कभी यूसुफ सिन्धी से नजर मिलती, घूरकर अपनी चोटी को बल देने लगता। मूंछे तो साले के थी ही नहीं कि उन्हें बल देता। मगर सिन्धी कुछ न कहता था। एक बार यहां तक हुआ कि यसुफ ने उस लड़की को रामधन की गाड़ी से फल खरीदकर दिए। रामधन ने चुपचाप फल दे दिए। मुंह से कुछ न बोला। वहीं बातें करते-करते यूसुफ ने लड़की से पूछा, 'आज कौन-सा सिनेमा देखेंगे?' हां, यह बात तो मैं भूल गया कि रामधन लड़की को कभी सिनेमा न ले गया था। मगर युसुफ ने तो न जाने लड़की को कितनी बार सिनेमा दिखाया था। उस रात को भी, जब वे सुबह अपनी खोनी में जाने वाले थे, यूसुफ उसे सिनेमा ले गया था। सिनेमा जाने के पहले यूसुफ ने बड़े गर्व से लड़की की ओर देखकर कहा था, 'देखो नत्थू, मैं यूसुफ हूं, यह मेरी जुलेखा है।' सिनेमा से आकर दोनों वहीं नत्थू के पास सो गए। नत्थू कहता है, उसने उन्हें सिनेमा से लौटते समय नहीं देखा था। एकाएक आधी रात को उसकी नींद खुल गई थी। लड़की चिल्ला रही थी और यूसुफ सिन्धी का सिर धड़ से अलग उसके सामने पड़ा था। और सारी धरती खून से भरी थी।"

"रामधन ने सारा?" मैंने पूछा।

गोरे ने बीड़ी का कश लगाया, मगर बीड़ी बुझ चुकी थी। उसने बीड़ी को धरती पर फेंककर मसल दिया। बोला :

"साले को फांसी होनी चाहिए। आओ, आगे चलें।"

हम दोनों चुपचाप जंगले के साथ-साथ तारघर की ओर बढ़ते गए। फुटपाथ पर चढ़कर एक पेड़ आता है। उसके तने के नीचे एक औरत। सोई पड़ी थी। गोरे ने उसे देखा और फिर अपने पास बुलाकर कहा :

"देख लो, यह वही लड़की है। अब औरतों के होटल से निकाली जा चुकी है। कितने ही दिन हवालात में रही। कितने ही दिन जाने कहां-कहां पागलों की तरह घूमती रही। अब फिर यहीं आ गई है। पर अब दिमाग ठीक नहीं है। यह दिन-भर इस पेड़ के नीचे बैठी उस कुएं की ओर देखती रहती है,

जहां कभी यूसुफ सिन्धी की हत्या हुई थी। इस जगह की धरती खोदने लग जाती है। और जब लोग हंसकर पूछते हैं, 'पगली, तू क्या ढुंढ रही है?' तो चिल्लाकर कहती हैं, 'मैं अपना घर ढूंढ़ रही हूं।'

पेड़ की काली छाया में वह काली लड़की सोई पड़ी थी—छाया के तले एक गहरी छाया। उसके काले सूखे उलझे हुए बाल उसके माथे और उसकी आंखों को छिपाए हुए थे। उसकी टांगें घुटनों तक नंगी थीं। फटी हुई साड़ी कमर पर उड़सी हुई थी। और उसमें उसने कोई भारी वस्तु छिपाकर रख रखी थी।

मैंने गौरे से पूछा, "इसने साड़ी में क्या बांध रखा है? रोटी?"

"नहीं, पत्थर। यह इधर-उधर से पत्थर उठा लाती है। फिर उन्हें कुएं के पानी से नहलाती है। और जब लोग पूछते हैं, 'पगली, यह तू क्या कर रही है?' तो कहती है, 'देखते नहीं हो—मैं अपने बेटे को नहला रही हूं। नहला-धुलाकर मैं उसे दूध पिलाऊंगी। और फिर उसे स्कूल भेजूंगी।' "

इस समय उस लड़की के दोनों हाथ खाली थे। उसका पेट नंगा था। और उसके चारों ओर धूल थी। यह अच्छा हैं कि मैं उसकी आंखें नहीं देख सका, शायद उन आंखों के अन्दर कभी न झांक सकता। इतना साहस मुझमें न होता। वे आंखें यदि कोई प्रश्न कर बैठतीं तो मैं क्या उत्तर देता? यह स्त्री जो तुलसी के पौधे की भांति पवित्र और पूजनीय होती, यह स्त्री जो गुलाब की टहनी की भांति किसी आंगन में रूप-रंग-सुगन्ध की कली महकाती है, यह स्त्री जो अपने आंचल की छाया में सैकड़ों-बहारों को जन्म दे सकती थी, क्यों इस समय अपनी छाती से एक पत्थर को चिपटाये धूप में कटी हुई टहनी की भांति पड़ी थी? क्यों? क्यों?

बे-रंगो-बू

सिख दुकानदार ने, जो आटा, नून, तेल बेचता था, धीरे से कहा, "मेरे मकान में थोड़ी-सी जगह खाली है, आप स्वयं चलकर देख लीजिए। किराया भी कम है—केवल नौ रुपए मासिक। चलिए मैं स्वयं आपके साथ गली में चलता हूं।"

उसने साथ वाली साइकिल की दुकान के मिस्तरी को आवाज दी, "रहीसू ! ओ रहीसू ! ! जरा मेरी दुकान का ख्याल करना।"

"कोई चिन्ता न करें सरदारजी।"

सिख दुकानदार जिस मकान में रहता था, वह एक छोटा-सा मकान था। एक ही मंजिल, एक ही नहाने का कमरा। सीढ़ियों के पास एक छोटा-सा कमरा खाली था और उसके साथ ही अन्दर की ओर खुलता हुआ एक छोटा-सा आंगन।

"बस इस छोटी सी जगह के लिए नौ रुपए मासिक किराया ?"

सिख दुकानदार ने एक फीकी-सी हंसी हंसते हुए उत्तर दिया, "तो और क्या ? हम भी नौ रुपए ही देते हैं। बिजली तथा नल का किराया मिलाकर बारह रुपए हो जाते हैं। महीने-भर में मैं लगभग तीस-पैंतीस रुपए कमाता हूं। बारह रुपए मालिक-मकान को दे देता हूं। आठ-दस रुपए वैद्यजी की भेंट कर देता हूं। आप जानते हैं, बाल-बच्चों वाले घर में आठ-दस रुपए अधिक नहीं हैं। शेष...शेष रुपयों में कठिनाई से उदरपोषण होता है।"

सिख दुकानदार की स्त्री, जिसका मुख पीला पड़ता हुआ था, धुले हुए फ्राक अरगनी पर डालने के लिए कमरे में से निकली। एक बालक उसकी धोती का एक छोर पकड़े हुए रोए जाता था। दूसरे बालक को उसने गोद में उठा रखा था, जो अपने नन्हे-नन्हे हाथों में खांड के बताशे पकड़े हुए था , एक बच्चा उसके पेट में था।

दुकानदार ने खांसते हुए कहा, "तो यह घर...आप...आपको पसन्द नहीं आया?"

"मकान तो अच्छा है, परन्तु इस कमरे में अंधेरा बहुत है।"

सिख दुकानदार की खांसी तीव्र होती चली गई। आखिर रुक-रुककर बोला, "हां—अंधेरा...अंधे...नौ रुपए मासिक में अंधेरा नहीं तो और क्या प्रकाश मिलेगा? मिल सकता है?"

यह गली पक्की थी, साफ-सुथरी, तीन-तीन मंजिल के मकान, दुहरे किवाड़—मक्खियों तथा मच्छरों को रोकने के लिए। घर-घर से हंसी की फुहारें और ग्रामोफोन तथा हारमोनियम की आवाजें आ रही थीं। एक मकान देखा, बहुत बड़ा मकान, लाल सीमेंट का फर्श। तीन-चार किराएदार उसमें पहले से ही रहते थे। केवल एक भाग, जिसमें दो कमरे थे, खाली था। किराया पन्द्रह रुपए मासिक।

मुझसे किसी ने कहा, "मालिक-मकान पीछे वाली गली में रहते हैं। आप उनसे बातचीत कर लीजिए।"

पीछे वाली गली के अन्तिम कोने में उनका मकान था। मैंने घण्टी बजाई तो हंसते हुए बाहर निकले।

"नमस्ते।"

"जी, नमस्ते। आप इस (हाथ से संकेत करते हुए) कमरे में विराजिए। मैं भोजन समाप्त करके अभी आता हूं। बस, एक मिनट में आया, मुझे दफ्तर भी जाना है।" दूसरे कमरे में एक छोटे-से, पुराने ढंग के सोफे पर, जिस पर नीली छींट का गिलाफ चढ़ा हुआ था, बाबूजी की धर्मपत्नी लेटी हुई थीं।

"मुझे जुकाम है, क्षमा कीजिए, मैं उठ नहीं सकती।" मकान की स्वामिनी ने लेटे-लेटे और कश्मीरी शाल को अपने चारों ओर लपेटते हुए कहा।

मैंने मुस्कराते हुए उत्तर दिया, "कोई हर्ज नहीं, मुझ भी जुकाम है।"

हम दोनों हंसने लगे। इतने में बाबूजी ने कमरे में पांव रखा। हम दोनों को हंसते हुए देखकर उनकी मुस्कान फीकी पड़ गई।

"आपने मकान देख लिया? पसन्द है?" उनकी बोली में क्रोध की हलकी-सी झलक थी।

"देख लिया, पसन्द है।"

"किराया हम हर महीने अगाऊ लेते हैं।"

"अच्छी आदत है।"

परन्तु बाबूजी मेरी बात पर हंसे नहीं। बोले, "क्या आप विविाहित हैं? मेरा तात्पर्य है कि आप अकेले तो नहीं होंगे, आपके साथ स्त्रियां तथा बच्चे भी होंगे? देखिए न, यहां सब भद्र पुरुष रहते हैं।"

वे सज्जन इन दो वाक्यों में अपनी संस्कृति की पूरी कथा कह गए, "यहां जिस पुरुष के पास स्त्री नहीं, उसकी न तो मुक्ति हो सकती है, और न ही उसे कोई मकान किराए पर मिल सकता है। और जिस स्त्री के पास बच्चे नहीं, उसका पति दूसरा विवाह कर लेता है। और यदि दूसरी स्त्री से भी बच्चे न हों तो तीसरा विवाह..." मैंने इनकार में सिर हिला दिया।

बाबूजी ने खेद प्रकट करते हुए सिर हिलाकर कहा, "क्षमा कीजिए, यह बहू-बेटियों वाला मोहल्ला है।"

बाबूजी की धर्मपत्नी ने मुंह दूसरी ओर पलट लिया। मैं कमरे से बाहर निकल आया। द्वार के निकट एक युवती हाथ में पुस्तक-राशि संभाले हुए खड़ी थी। मुझे देखकर उसके मुख पर लालिमा दौड़ गई। वह उच्च स्वर में बोली, "वे मुंडू जल्दी कर, कालिज को देर हो गई।"

"आया बीबीजी।" नौकर हंसता हुआ सीढ़ियों से उतर रहा थाकोई सोलह-सत्रह वर्ष का होगा, मांसल देह, हल्की मूंछे फूटी हुई। यहां नए मकान बन रहे थे। बीच-बीच में बहुत-सी भूमि अभी रिक्त पड़ी हुई थीं। यहां रेत उड़ रही थी, और नाद करते हुए बच्चे एक-दूसरे पर रेत-मिट्टी फेंक रहे थे। नन्ही-मुन्नी बालिकाएं

रेत के ढेरों पर बतखों की नाईं चलने का प्रयत्न कर रही थीं। कुछ बालिकाएं एक लम्बी रस्सी पर कूदने में व्यस्त थीं। भुने हुए चने बेचने वाला निराश दृष्टि से बच्चों को देखता हुआ चला जा रहा था। इस रेत से भरे हुए मैदान से कुछ दूरी पर, सामने एक मकान पर मोटे-मोटे शब्दों में लिखा हुआ था, 'किराए के लिए खाली है।'

द्वार खुला हुआ था। एक छोटी-सी दालान। उससे आगे खुला आंगन, जिसमें पानी के नल के नीचे बैठी हुई एक कुरूपा, मोटी स्त्री स्नान कर रही थी। वह निःसंकोच बोली, "आप मकान देखने आए हैं?"

मैंने मन में कहा, 'और क्या तुम्हें देखने आया हूं।' जैसे उसने मेरे मन की बात ताड़ ली हो, बोली, "अच्छा, आप दालान में ठहरिए, मैं अभी आती हूं।"

थोड़ी देर में वह एक सफेद धोती पहने हुए आई। "यह सोने का कमरा है, यह बैठक, यह एक और कमरा, यह भी एक कमरा है। यह रसोईघर है, तनिक साफ-सुथरा नहीं है, परन्तु कल तक बिल्कुल ठीक-ठाक (सिर हिलाकर) हो जाएगा। किराया बीस रुपए। हम अगाऊ लेते हैं। अच्छे किरायेदारों को देते हैं। दूसरी मंजिल में एक रायसाहब के घरवाले रहते हैं। उनकी तीन पुत्रियां हैं, कालिज में पढ़ती हैं, तीसरी मंजिल में एक प्रोफेसर तथा उनका परिवार..."

मैंने पूछा, "और तीसरी मंजिल के ऊपर?"

वह कुछ विस्मित होकर बोली, "तीसरी मंजिल से ऊपर?—उसके ऊपर छत है, सोने के लिए खुला स्थान।"

"हूं।" मैंने यूंही रसोई के फर्श को पांव से कुरेदने हुए कहा।

"यह फर्श थोड़ा-सा खराब है, कल तक..." (सिर हिलाकर)...मेरी ओर देखकर बोली, "आप विवाहित हैं न?"

'नहीं, परन्तु मेरे साथ मेरी मौसी होंगी और मौसी की लड़की, और मौसी की लड़की की लड़कियां।"

"ओह, अच्छा, तो फिर ठीक है। परन्तु किराया पहले देना पड़ेगा, कम-से-कम दो महीने तक। कई किरायेदार किराया दिए बिना ही चल देते हैं।"

"हां, बहिनजी, तुम्हें पिछले महीने ही आठ रुपयों का घाटा उठाना पड़ा था।"

यह एक नवयुवती चुपके से ही कहीं से निकल आई थी। सुन्दर मुख, परन्तु कुछ उतरा हुआ। कुछ उदास-सी बड़ी-बड़ी आंखें, परन्तु शोकग्रस्तसी। अधरों पर हल्की-हल्की मुस्कान, परन्तु फीकी पश्चातापमग्न, मानो कह रही थीं, इससे जीवन क्या फायदा, वे दिन-भर दफ्तर में क्लर्की करते हैं और मैं होंठों पर सुर्सी लगाकर बर्तन मांजती हूं। आखिर ऐसे जीवन से क्या लाभ? वह संध्या समय दफ्तर से थके-मांदे आते हैं और खाना खाकर फिर दफ्तर के काम में जुट जाते हैं और रात्रि को...मेरे होंठों की सुर्खी को देखता ही कौन है? हाय! यह यौवन कितना नीरस एवं आनन्दविहीन है!"

"यह भी हमारे साथ रहती है।" मकान की स्वामिनी ने मुझे बतलाया, "इनके...बिजली के दफ्तर में काम करते हैं।"

मैंने हाथ जोड़कर कहा, "जी, बहुत अच्छा, नमस्ते जी।"

क्लर्क की धर्मपत्नी ने प्रसन्न होकर कहा, "तो आप यह मकान किराये पर ले रहे हैं?"

"जी, सोच रहा हूं, मेरे साथ मेरी मौसी होगी, मौसी की लड़की, मौसी की लड़की की लड़कियां और..."

"तो इसमें क्या आपत्ति है?" उसने अकारण ही हंसते हुए कहा।

"हम सब बहिने मिल-जुलकर रहेंगी। घरों में ऐसा ही होता है न जी? और फिर यह मकान बहुत अच्छा है।" उसने रसोई के फर्श को पांव से बजाते हुए कहा।

"बस, यह फर्श थोड़ा-सा खराब है।" मोटी कुरूपा स्त्री यन्त्रवत् बोल उठी, "कल तक...(सिर हिलाकर)..."

मैं धीरे-धीरे दालान की ओर मुड़ने लगा। युवती की आंखें कह रही थीं, क्या ही अच्छा होता, यदि तुम यह मकान ले लेते। मुझे तुम्हारे प्रेम की तो आवश्यकता नहीं थी, और मैं इस प्रकार की बातों को पसन्द भी नहीं करती, परन्तु यूं ही मन बहला रहता। वे दिन-भर दफ्तर में रहते हैं—प्रातःकाल से संध्या समय तक। तुम कभी-कभी मुझे कनखियों से देख लिया करते और मेरे होंठों की सुर्खी चमक

उठती। क्या ही अच्छा होता! हाय, यह जीवन कितना नीरस, आनन्दविहीन है।'

"मैं कल तक आपको बता सकूंगा। नमस्ते।"

"नमस्ते।" दोनों स्त्रियों ने कहा।

रेतीले मैदान में एक गौरवर्ण मजदूर लकड़ियां फाड़ रहा था। खटखट, खटाखट। मुझे पास से निकलते देखकर रुक गया।

'सलाम, साहब।"

'सलाम। कहां के रहने वाले हो? कश्मीरी हो।"

"नहीं साहब, कुल्लू का गद्दी हूं।"

गौरवर्ण, पुष्ट, मांसल देह, बहुत मैला, निकर फटी, पुरानी कमीज, चौड़ी छाती, और हाथ में एक मजबूत कुल्हाड़ी।

"कुल्लू, कुल्लू?"

"जी सरकार।"

"घरवाली है?"

गद्दी ने हंसते हुए उत्तर दिया, "जी सरकार।" "घरवाली' के नाम पर हिन्दुस्तानी का सिर गर्व से ऊंचा हो जाता है। क्या हुआ यदि वह दास है। उसकी भी तो एक दासी है।

गद्दी अपने सौभाग्य पर गर्वान्वित हुआ मुस्करा रहा था। उसके बड़े-बड़े मैले दांत लाल-लाल मसूड़ों में कृत्रिम दातों जैसे जड़े हुए प्रतीत होते थे।

"बच्चे भी होंगे।"

"जी सरकार, एक लड़का है। नन्हा-सा...(हाथ से इशारा करके)...इतना-सा।"

"उन्हें भी साथ लाए हो?"

गद्दी की भोली मुस्कान मानो किसी ने अचानक पांवों तले मसल डाली हो। उसने धीरे से सिर हिलाते हुए इनकार कर दिया। फिर सहसा बोल उठा, "बाबूजी, कोई काम दीजिएगा, मैं लकड़ियां बड़ी अच्छी फाड़ता हूं।"

"एक मन का क्या लेते हो?"

"एक आना।"

"एक आना? केवल एक आना? चार घण्टे के काम का केवल एक आना? आधे दिन की कमाई!"

"सरकार, लोग एक आना भी नहीं देना चाहते।"

"तुम कुल्लू कब लौटकर जाओगे?"

लकड़ी फाड़ने वाला एक रेत के ढेर पर बैठ गया और हुक्का गुड़गुड़ाने लगा। कदाचित् वह हुक्के के धुएं में कुल्लू की शस्यश्यामल घाटियों, सेब के बागों, हिमाच्छादित पर्वतमालाओं, काली सलेट की छतों वाले गांवों तथा अपनी स्त्री व नन्हे बच्चे के चित्रों को देख रहा था। मैं आगे बढ़ गया। लकड़हारे ने उदास भाव से एवं निराशा-भरी वाणी में कहा, "साहव, कोई काम बताइए।"

संध्या समय मैं फिर अपने सराय-रूपी होस्टल में वापस पहुंच गया। कारावास की कोठरियों के समान छोटे-छोटे कमरों की लम्बी-लम्बी कतारें। तले हुए प्याज की गंध। बीच में बड़े-से चौक में अस्त-व्यस्त पड़े हए वेंच। आठ-दस विद्यार्थियों के बीच में खड़ा हुआ राजहंस उच्च स्वर में कह रहा था, "हम क्रांति चाहते हैं, क्रांति, मौजूदा क्रांति, जनता की क्रांति, समाजवादी क्रांति—और फिर शत-प्रतिशत मार्कसी। हम एक नई संस्कृति, नई सभ्यता, नए आदर्शों के आधार पर एक नए मनुष्य का, एक नए मनुष्य-समाज का निर्माण चाहते हैं। हम..." बेचारा राजहंस।

किचन का नौकर मेरे पास से निकल गया। मैं चिल्लाया, "ओ दीने! आज क्या बना है?"

"साग, दाल तथा काशीफल।"

97 नम्बर कमरे में रहने वाला ब्राह्मण राम नाम की धोती पहने स्नानागार की ओर जा रहा था। मैंने अपने कमरे का द्वार खोला और सिर झुकाकर बैठ गया। राजहंस अभी तक अपनी वारीक आवाज में उसी तरह चिल्ला रहा था, "हम इस पूंजीवादी समाज के टुकड़े-टुकड़े कर देंगे, इसे पीसकर रख देंगे, इसके परखच्चे..."

भैयालाल ने कमरे में प्रवेश किया। उसने उदास स्वर में पूछा, "क्या अब तुम छोड़कर चले जाओगे—अपने सब साथियों को?"

मैंने उत्तर में कहा, "मेरे लिए यह सराय ही अच्छी है।"

पिंडारे

जमना सागरा में रहती थी। सागरा ब्राह्मणों का गांव था और सहस्रों वर्षों से चला आ रहा था। कश्मीर की सहस्रों छोटी-छोटी पर्वतमालाओं में यह भी एक छोटे-से पर्वत में स्थित था। सागरा के लिए केवल दो दिशाएं स्थित थीं, उत्तर-पूर्व और दक्षिण-पूर्व। दोनों दिशाओं में ऊंचे-ऊंचे पर्वत खड़े थे, जो एक संकीर्ण अण्डाकार गोला बनाते हुए फिर आपस में मिल गए थे। प्रतिदिन सूर्य एक पहाड़ से उदय होता और दूसरे पहाड़ में अस्त हो जाता। पहाड़ के ऊपर उस संकीर्ण अण्डाकार आकाश में सूर्य का मार्ग एक छोटी-सी आड़ी रेखा थी और यह रेखा सदा बदलती रहती थी। सागरा के ब्राह्मण इसी आड़ी रेखा को देखकर ऋतु-परिवर्तन का अनुमान लगाया करते थे। ग्रीष्मकाल में इस आड़ी रेखा का अगला सिरा ठीक पहाड़ी नाले के मुख पर चला जाता था और दूसरा उस बिन्दु पर, जहां पहाड़ी नाला दोनों पर्वतों की संकीर्ण सीमाओं को चीरकर लुप्त होता दिखाई देता था। उन दिनों मकई की फसल बोई जाती थी और मकई के खेतों के किनारे-किनारे कूड़म का साग और मिरचों के पौधे। नाले के किनारे वाले खेत में सदा पानी खड़ा रहता था और इस कारण वहां धान बोया जाता था। कभी-कभी नाले में वर्षा का पानी बहुत जोरों से उमड़ आता और धान का एक-आधा खेत बह जाता था। परन्तु शरद् काल में नाला सिकुड़कर जब दक्षिण-पश्चिमी पहाड़ों के पांवों से जा लगता था, उस समय

सागरा के ब्राह्मण नाले से अपना बहा हुआ खेत लौटा लेते थे। वे अगले वर्ष के धान के लिए एक-आध क्यारी अधिक ही बना लेते थे।

सागरा में दिन छोटे और रातें बड़ी होती थीं। प्रखर प्रकाश और उजली धूप के दर्शन वहां कम होते थे। दिन के समय बहुधा एक धुंधलीसी सफेदी छाई रहती और रात्रि में गहरा अंधेरा होता, जिसमें कहीं-कहीं तारे चिंगारियों की भांति जलते दिखाई पड़ते। शरद्काल तो बहुधा एक लम्बी रात्रि होती, जिसमें बादल घिरे रहते, तीव्र ठण्डी हवाएं चलतीं और कभी-कभी बिजली कौंध जाती। सागरा में दो ही दिशाएं थीं और दो ही ऋतुएं—ग्रीष्मऋतु और शरद्ऋतु। या यूं कहिए कि एक संक्षिप्तसा वसंत और एक लम्बा-सा पतझड़।

और फसलें भी दो ही होती थीं—मंकई और धान। लम्बे पतझड़ में तो सागरा के अधिकांश ब्राह्मण परदेश में नौकरी की खोज में निकल जाते, जहां वे रसोइए रख लिए जाते। या सुदूर की मण्डियों से नमक लाने चल देते, या घर पर सूत कातकर कपड़ा बुनते। उनकी स्त्रियां चरखों पर घों-घों के साथ गीत गाकर अट्टियां बनातीं और पुरुष लिपे-पुते आंगन में लकड़ी की कीलें गाड़कर सूत के ताने-बाने से ऊनी चादरें, लोइयां, मोटा खद्दर और अपनी युवा स्त्रियों, बहनों के लिए ऊन और सूत को मिलाकर सुन्दर कपड़ा बुनते, जिनपर लाल धागों से स्त्रियां भद्दे और मोटे फूल काढ़ लेतीं।

सागरा में अधिक से अधिक एक सौ घर होंगे। उन एक सौ परिवारों का नेतृत्व गांव का सबसे वृद्ध ब्राह्मण करता था। वह गांव का नम्बरदार भी था और धर्मगुरु भी—वह गांव से दूर बड़ी सरकार के सामने गांव वालों के अच्छे-बुरे कर्मों का उत्तरदायी था और उनका स्थाई प्रतिनिधि। उस गांव में सहस्रों वर्षों से ब्राह्मण धर्मगुरुओं का राज्य चला आता था। उस गांव से बाहर न जाने कितनों का राज्य स्थापित हुआ और छिन गया—आर्य, मंगोल, तिब्बती, नेपाली, चीनी, मुगल, सिख और अब डोगरा राज्य स्थापित था—परन्तु इन राजनीतिक परिवर्तनों ने सागरा-निवासियों को न कोई लाभ पहुंचाया और न कोई हानि। सहस्रों वर्षों से अपनी फसल का एक-तिहाई या

चौथाई भाग करके रूप में देते आ रहे थे। चौकीदारी और जंगल का कर और पटवारी व राखे के सब व्यय का भार उनपर ही था—कभी-कभी मालिक बेगार भी ले लेता था, क्योंकि जो मालिक है, वह बेगार अवश्य लेगा।

यदि सागरा-निवासियों को रोटी-कपड़े की तंगी आ जाती तो भगवान् की कृपा से वे परदेश जाकर नौकरी-चाकरी कर सकते थे, भोजन बना सकते थे और यदि उनमें से कोई भोजन बनाना न जानता तो जूठे बरतन साफ कर सकता था। अपने भाग्य पर न वे संतुष्ट थे और न असंतुष्ट। हजारों वर्षों से वे एक ही डगर पर चले आ रहे थे और उन्हें इस बात का तनिक भी ज्ञान न हुआ था कि उनका भाग्य अच्छा है अथवा बुरा—क्योंकि उन्होंने, उनके पूर्वजों ने और उनके पूर्वजों ने कभी कोई दूसरा भाग्य देखा ही न था।

इस गांव में जमना रहती थी। जमना का पति खेती-बाड़ी भी करता था और दुकान का काम भी। सारे गांव में केवल यही एक दुकान थी और सागरा के छोटे-से पहाड़ में नदी के दक्षिण-पश्चिमी छोर पर स्थित थी, जहां से एक पगडण्डी बाहर से आती हुई, सागरा के गांव के समीप से नाले के साथ-साथ होती हुई ऊपर उत्तर-पूर्वी पर्वतशिखाओं में चली गई थी। इस पगडण्डी द्वारा ही सागरा का सम्बन्ध बाह्य संसार से होता था—और इस पगडण्डी पर जमना के स्वर्गीय पति की दुकान थी। एक दिन पहाड़ी नाले को पार करने के प्रयत्न में वह बह गया था और नाले के प्रवाह ने उसकी खोपड़ी को बड़ी-बड़ी चट्टानों के नुकीले किनारों से, जो पानी में छिपे हुए थे, टकराकर टुकड़े-टुकड़े कर दिया था, उसकी टांगों की हड्डियों को तोड़ दिया था, उसकी अंगुलियों को ओखली में साफ किए हुए धान की भांति छील दिया था। यह परमेश्वर की इच्छा थी कि उसकी मृत्यु इसी प्रकार हो अथवा यह उसके पूर्वजन्म के कर्मों का फल था, या उसकी जवान विधवा के नक्षत्रों का अथवा उस नन्हें-से गृहचक्र का, जिसकी आयु अब एक वर्ष की थी। जमना अपने पति की मृत्यु पर सती न हुई—वह रोई-चिल्लाई भी अधिक नहीं थी। पति की मृत्यु से अधिक उसे अपने विधवा हो जाने का शोक था। वह अब कड़े फूलदार वस्त्र न पहन

सकेगी। उसे चांदी की बालियां, कानों के दो जोड़ू और कलाइयों के कड़े भी उतारने होंगे। उसकी नस-नस में यौवन की मादकता संचार कर रही थी, परन्तु सहसा उसे लगा मानो किसी ने उसका अकस्मात् गला दबा दिया हो और वह भीतर ही भीतर घुटकर रह गई हो। यह सोचकर कि अब कोई उसके कोमल व मांसल शरीर को अपनी छाती से न लगा सकेगा, उसके पतले-पतले गुलाबी होंठों और लम्बी कजराई पलकों को न चूम सकेगा, वह आतुर हो उठी—उसे अपने पति पर बहुत क्रोध आया और उसने शिवजी के प्राचीन मंदिर में देवता के चरणों में गिरकर विनीत स्वर में बार-बार पूछा कि उसके साथ ऐसा अन्याय क्यों हुआ। परन्तु पवित्र देवता ने उसके प्रश्न का कोई उत्तर न दिया, अथवा शायद वह पवित्र देवता का उत्तर समझने में असमर्थ रही थी। कुछ भी हो, उस समय भगवान् के उत्तर से उसे कोई सांत्वना न मिली थी। बाद में बूढ़े ब्राह्मण के समझाने पर जमना का क्रोध शांत हो गया—शनैः-शनैः केवल जीवित रहने का स्वाभाविक मोह शेष भावनाओं पर विजयी हो गया और उसने अपने पति की दुकान संभाल ली, और खेती-बाड़ी का काम एक अन्य ब्राह्मण को सौंप दिया। गांव के नम्बरदार और अन्य बूढ़े पंचों ने जमना को बहुत समझाया कि दुकान भी वह किसी अन्य व्यक्ति को सौंप दे और स्वयं शिवजी के मंदिर में बैठकर शेष जीवन उपासना में व्यतीत करे। उन्होंने कहा, वे स्वयं उसके पुत्र का संरक्षण एवं पालन-पोषण करेंगे। वैसे भी एक ब्राह्मण युवती का दुकान पर बैठना अनुचित होता है—और विशेषतया उस अवस्था में जबकि वह युवती नवविधवा और जमना जैसी रूप और लावण्य की मूर्ति हो। परन्तु जमना ने उनकी एक न मानी। उसने दुकान की व्यवस्था अति सुंदर ढंग से की। वह यात्रियों से बहुत मीठा बोलती और ग्राहकों को मुस्करा-मुस्कराकर सौदा देती थी। उसके पति की मृत्यु को एक वर्ष बीत गया था; परन्तु अब उसका जीवन एक हिन्दू विधवा के जीवन की भांति कष्टपूर्ण और नीरस न था। निस्सन्देह गांव के बहुत-से वृद्ध लोगों को यह अवस्था अच्छी न लगती थी, परन्तु जमना को इस बात की तनिक भी परवाह न थी। उसका लड़का अब दो वर्ष का हो

गया था और वही उसके जीवन का केन्द्र था। प्रातःकाल और सायंकाल वह मंदिर में पूजा करने जाती और देवता से अपने एकमात्र पुत्र के जीवन और स्वास्थ्य की शुभकामनाएं करती। अब उसके मन को स्थिरता प्राप्त हो गई थी। उखड़े हुए पांव जम गए थे। केवल उसके अन्तर में एक हल्की-सी चुभन और मन्द-मन्द-सी कसक रह-रहकर जाग उठती थी। जब कभी यात्री उसे प्यासी-प्यासी दृष्टियों से देखते तो उस समय उसके कपोल अरुणिम हो जाते, श्वास का प्रवाह तीव्र हो उठता, और वह अपने समस्त शरीर में एक सनसनाहट-सी अनुभव करती। यही सनसनाहट उसे शरद् की अंधेरी रातों में बहुधा सताती थी। जब उसे अपने पति का प्यार याद आता, तो वह एक दीर्घ निःश्वास भरकर अपने सोए हुए बच्चे के नन्हे-नन्हे हाथ अपने वक्षस्थल पर फैला लेती और उसका मुख जोर-जोर से चूमने लगती—यहां तक कि बच्चा जाग उठता और रोने लगता। ऐसे क्षण बहुत कष्टदायक होते; परन्तु जमना को पूर्ण विश्वास था कि बहुत थोड़े समय में ही वह उन पर विजय प्राप्त कर लेगी और यह सम्भव था कि समय बीतने पर जैसे-जैसे यौवन का मद मद्धिम पड़ता जाता, अतृप्त वासना की यह तीव्र कसक भी सदैव के लिए दब जाती। परन्तु इन्हीं दिनों में इलाके के तहसीलदार साहव ने अपने दौरे के लिए सागरा का गांव चुना।

सागरा में तहसीलदार का दौरे पर आना गांव के निवासियों के लिए आश्चर्य की बात थी, क्योंकि इस सुदूर स्थान में अफसर लोग बहुत कम आते थे। बहुधा वर्षों बीत जाते थे और गांव-निवासियों को अपने अफसरों के दर्शन दुर्लभ हो जाते थे। वैसे भी उन्हें अपने मालिकों से कोई विशेष प्रेम न था और वे इसी बात को अच्छा समझते थे कि उन्हें अलग-अलग रहने दिया जाए। यह उनका सौभाग्य था कि सागरा एक ऐसी संकीर्ण घाटी में स्थित था, जहां किसी अफसर का मन आने को न करता था। ऊंचे-नीचे पहाड़, उनकी तलहटी में देवदारु के घने वन, देवदारु के नीचे चीड़ और दियार और उनके नीचे दो-चार खेत, चरागाहें, गांव, धान के खेत और सबसे नीचे चोर की भांति घाटी से निकलता हुआ वह नाला। ब्राह्मणों के इस गांव में मारकाट व

हत्याकाण्ड कहां! इसी कारण वर्षों से यहां किसी ने पुलिस के सिपाही का मुख भी न देखा था। भूमि सम्बन्धी झगड़े यहां पंच आपस ही में चुका लेते थे। यहां अफसरों के लिए किसी प्रकार का कोई भी आकर्षण नहीं था। इस कारण तहसीलदार साहब का दौरे पर आना उन लोगों के लिए वास्तव में आश्चर्य की बात थी।

तहसीलदार गठीले शरीर का हृष्ट-पुष्ट सुंदर नवयुवक था—चौड़ी छाती, बलिष्ठ ठोड़ी और छोटी-छोटी सुन्दर मूंछे। जब जमना ने उसे अपनी दुकान के आगे से घोड़े पर सवार जाते देखा, तो वह चकित रह गई। सागरा के ब्राह्मण तो उसके सामने मरियल टट्टू-से प्रतीत होते थे। तहसीलदार ने एक खाकी रंग की बिरजिस पहन रखी थी और सिर पर खाकी टोपीं थी और हाथ में बेंत की छड़ी थी, जिसके एक सिरे पर चमड़े का फुंदना लगा हुआ था। उसकी प्रत्येक छवि निराली थी और जब उसने दृष्टि घुमाकर जमना की ओर देखा तो जमना के शरीर का रोम-रोम कम्पायमान हो उठा था। उस समय वह एक यात्री को मिश्री तोलकर दे रही थी; और तराजू कुछ क्षणों के लिए उसके हाथ में लटकता रह गया था।

तहसीलदार साहब ने दिन-भर चीड़ के पेड़ों के एक छोटे-से झुंड के नीचे अपना दरबार लगाया। वे स्वयं एक बेंत की कुरसी पर बैठे और गिरदावर, कानूनगो और मुंशी-मुसद्दी उनके पैरों में पृथ्वी पर। इस प्रकार हाकिमों के दरबार में सागरा की प्रजा की पेशी हुई। बेचारे ब्राह्मण भय के मारे मरे जा रहे थे। जिस प्रकार हर मनुष्य परमात्मा से भयभीत रहता है और उसकी उचित-अनुचित आराधना एवं चापलूसी में तल्लीन रहता है, उसी प्रकार के तहसीलदार के आगे हाथ बांधे खड़े थे और मंशीमुसद्दियों की खुशामद कर रहे थे। मुंशी अब्दुर्रहमान ने अपनी मौलवियानी दाढ़ी पर हाथ फेरते हुए कहा, "अबे हरामजादे, वे घास के गट्ठे अभी तक नहीं पहुंचे?" राजाराम ब्राह्मण हाथ जोड़कर बोला, "हुजूर, मैं स्वयं अभी घास के चार गट्ठे बांधकर लाया हूं।"

मुंशी अब्दुर्रहमान ने गरजकर कहा, "हुजूर के बच्चे! चार गट्ठों से क्या होता है?" और फिर तहसीलदार की ओर मुड़कर बोला, "हुजूर! वर्षों

से किसी अफसर ने इस प्रान्त का दौरा नहीं किया—अब देखिए इसका परिणाम—हुजूर के तशरीफ लाने पर घास के केवल चार गट्ठे पेश किए जाते हैं और मुर्गी एक भी नहीं। यहां के लोग कितने स्वेच्छाचारी हो गए हैं।"

नम्बरदार ने डरते-डरते निवेदन किया, "हुजूर मुंशी साहब, यह ब्राह्मणों का गांव है। हम न मुर्गियां पालते हैं, न खाते हैं। और कोई दूसरा गांव भी समीप नहीं..."

घसीटाराम पेशकार ने चिल्लाकर कहा, "यह कुत्ता ब्राह्मण क्या बकवास करता है ? बांध दो इसे पेड़ से और और लगाओ कोड़े, ताकि इसे अधिकारियों से बात करने का शिष्टाचार आ जाए।"

बूढ़ा ब्राह्मण थर-थर कांपने लगा। तहसीलदार साहब अपनी छोटी-छोटी संदर मूंछों पर ताव देते हुए हंसने लगे और बोले, "नहीं, नहीं, यह बेचारा सच कहता है। अच्छा, तुम यहां के नम्बरदार हो न ?"

"जी।"

"क्या नाम है तुम्हारा ?"

"सत्यनारायण हुजूर।"

तहसीलदार साहब पुनः मुस्कराए। "तुम बहुत भले पुरुष प्रतीत होते हो सत्यनारायण। अच्छा, यह बताओ कि आज रात्रि हमारा कैम्प कहां लगेगा ?"

नम्बरदार ने तुरन्त उत्तर दिया, "जो स्थान हुजूर को अच्छा लगे।"

तहसीलदार कुछ क्षण सोचते रहे और फिर बोले, "मेरे विचार से बड़ी दुकान की छत अच्छी रहेगी। वह दुकान जो हमने पीछे के मार्ग में देखी थी।"

सत्यनारायण बोला, "वह दुकान हुजूर जमना विधवा की है।"

"हां, हां, वही। अच्छा—वह—जमना विधवा की है—जमना !"

"हां, हुजूर, वह विधवा है। पिछले वर्ष उसका पति रामभरोसे उस नाले में बह गया था।"

तहसीलदार साहब ने कुछ समय पश्चात् कहा, "हां, हां, तो फिर वही स्थान उत्तम है—क्यों पेशकार साहब ?"

पेशकार बोला, "नहीं, नहीं, वही स्थान ठीक रहेगा।"

मुंशी अब्दुर्रहमान ने एक आंख मींचकर धीरे से पेशकार के कान में कहा, "लौंडे के चुनाव की सराहना करता हूं—क्या सुन्दर मुर्गी चुनी है!" और यह कहकर अपनी घनी दाढ़ी के दो बालों को मलने लगा। जमना ने वह रात्रि नम्बरदार के घर में व्यतीत की। दूसरे दिन वह दुकान पर भी न गई। तीसरे दिन भी तहसीलदार का डेरा बराबर उसकी दुकान की छत पर लगा हुआ था। इस प्रकार एक-दो दिन और बीत गए और तहसीलदार साहब को सागरा इतना भाया कि वे इस गांव से हिलने का नाम न लेते थे। दिन-भर देवदार के वनों में शिकार करते, रीछ तथा सूअर मारते अथवा जंगली कबूतर, और संध्या समय अपना दरबार लगाते। वहां गांव वालों की पेशी होती और गांव के भूमिकर के संबंध में बातचीत होती रहती।

तहसीलदार साहब का अनुमान था कि इस गांव के भूमिकर में वृद्धि होनी चाहिए। उनका विचार था कि इस गांव के ब्राह्मण बहुत बदमाश हैं। सरकारी वन में बहुत चोरी करते हैं। बिना आज्ञा लकड़ी काट लाते हैं। बनफशा उखाड़ लाते हैं और अनारदाना तैयार करते हैं। वे अवश्य वन-विभाग को लिखेंगे कि इन बातों की रोकथाम की जाए और फिर गांव वालों ने बहुत-सी सरकारी भूमि अवैध रूप से अपने अधिकार में कर रखी है। पटवारी उन समस्त व्यक्तियों को छः-छः मास कारावास का दण्ड दिलवाएंगे और उनके घर-बार व खेत सब कुर्क कर लेंगे। और हां, इस दुष्ट बदमाश नम्बरदार ने पिछले वर्ष का शेष लगान अभी तक नहीं चुकाया था। उनको तो इसमें भी संदेह था कि वह पिछले वर्षों में भी नियमपूर्वक लगान चुकाता आया था या नहीं। गिरदावर, कानूनगो और पटवारी उचित छानबीन के पश्चात् तहसीलदार को अपनी रिपोर्ट पेश करेंगे। तहसीलदार साहब ने निश्चय कर लिया कि बे ऐसे बेईमान, बरमाश नम्बरदार को उसके पद से हटा देंगे और उसे ढाई साल के लिए कारागार में ठूंस दिया जाएगा। ऐसी परिस्थिति में तथा पेशकार के स्नेहपूर्ण एवं पैतृक परामर्श से सागरा के ब्राह्मणों ने गांव की तीन नववधुएं, रामदेई, दुलारी और खेतरी पृथ्वी के इन देवताओं की सेवा में भेंट कीं; क्योंकि

मनुष्य को अपनी लोकलज्जा तथा आत्मसम्मान से प्राण अधिक प्रिय होते हैं और निर्धन कृषकों की जीवन-निधि, चाहे वे ब्राह्मण ही क्यों न हों, यही भूमि है, जिसे जोत-बोकर वे अपना पेट पालते हैं। वही भूमि यदि नीलाम हो गई या मालिकों ने उनसे छीन ली, तो फिर वे निर्धन-असहाय लोग क्या कर सकते हैं! पेट की अधीनता सब कुछ करा देती है। परन्तु जमना के मन में सहसा किसी ने पाषाण के टुकड़े भर दिए थे कि वह अभागिन इसी हठ पर स्थिर थी कि वह भूखी प्राण दे देगी, भले ही उसके खेत छिन जाएं और दुकान नीलाम कर दी जाए, परन्तु वह तहसीलदार के पास कदापि न जाएगी। उसे अपने स्वर्गीय स्वामी की सौगन्ध, अपने नन्हे शिशु की सौगन्ध।

परन्तु जमना की यह हठ गांव वालों के हित के लिए ठीक नहीं थी। अब तो गांव के एक-दो प्रौढ़ ब्राह्मणों का अपमान भी किया जा चुका था। उनकी सफेद दाढ़ियां नोची गईं और उनकी खद्दर की मोटी-मोटी पगड़ियां उतारकर उनकी चिन्दियों पर इतने थप्पड़ लगाए गए कि उनकी आंखों में अश्रु झलक आए थे। रामदेई, दुलारी और खेतरी के बलिदान से भी पृथ्वी के देवता की भूख शांत न हुई। यद्यपि तहसीलदार साहब अपने मुख से कुछ न कहते थे। देवताओं को बोलते हुए कब किसने देखा है। वे तो सदैव मौन रहते हैं, परन्तु पुजारी को ज्ञात होता है कि इस समय इष्टदेव को किस भेंट की आवश्यकता है। सागरा-निवासी भी जानते थे, परन्तु वे स्वयं बहुत चिंतित थे कि क्या करें। अपने घर की बहू-बेटी होती तो किसी प्रकार उसको तैयार कर लेते; परन्तु जमना—जमना विधवा तो एक ही कुलटा स्त्री थी—न वह दुकान पर निर्लज्ज होकर पुरुषों की भांति काम करती, न आज गांव पर यह आपत्ति टूटती। यह सब संकट उसीके कारण आया था। घास के गट्ठे पहुंचाते-पहुंचाते, दूसरे गांव से अण्डे और मुर्गियां लाते-लाते और मक्खन, आटा और बासमती के सुगंधित चावल देते-देते वे निर्धन ब्राह्मण तंग आ गए थे और हर समय इसी चिंता में डूबे रहते थे कि जमना को किस प्रकार राजी किया जाए। रामदेई, दुलारी और खेतरी ने उसके आगे अपने धर्म, अपनी आंतरिक वेदना का करुणाजनक वर्णन किया

और उसे बताया कि केवल उसी के कारण उनका सतीत्व नष्ट किया गया और अब भी समय है कि वह ग्रामवासियों को अनादर और विनाश से बचा सकती है, यदि वह—वह मान जाए। क्या वह इस संकट के समय भी ग्रामवासियों के काम न आएगी? क्या वह इतना भी बलिदान न दे सकेगी? और फिर उसपर व्यंग्य करने वाला और लांछन लगाने वाला कौन था—वह तो विधवा थी।

जमना ने झल्लाकर कहा, "हां, मैं विधवा हूं, इसी कारण तुम अपने सुख और आराम के लिए मेरी आहुति देना चाहती हो? यदि आज मेरा पति जीवित होता, तो तुम्हारी तरह बातें करने वालों की जिह्वा खींच लेता और तुम्हारी चुटिया पकड़कर इस प्रकार घसीटता कि ये माम की भांति चमकते सिर घड़ी-भर में गंजे हो जाते। कलमुहियो, अपना सतीत्व बेचकर मेरा सौदा करने आई हो!"

खेतरी ने क्रोध के आवेश में चिल्लाकर उत्तर दिया, "आज तुम ये बातें कर रही हो, परन्तु मैं कहती हूं कि यदि आज तेरा पति जीवित होता तो वह स्वयं तेरी चुटिया पकड़कर उस पापी तहसीलदार के पास ले जाता—उसी प्रकार जिस प्रकार कि हमारे पति..." और खेतरी इससे अधिक और न कह सकी। क्रोध और वेदना से उसके आंसू बहने लगे। उसे रोते देखकर रामदेई और दुलारी भी रोने लगीं और फिर जमना भी...

दूसरे दिन जमना का मन डोल रहा था—वह जाए या न जाए? एक ओर कुआं, दूसरी ओर खाई। वह स्वयं देख रही थी, किस प्रकार गांव के बड़े-बूढ़ों का अपमान किया जा रहा था। उसे इस बात का भी भय था कि लगान में वृद्धि हो जाएगी और गांव वाले आजीवन उसे कोसेंगे। बहुत-से लोगों को कारावास का दण्ड मिलेगा। उसके मन में आया कि वह आत्महत्या कर ले। फिर तो गांव इस संकट से मुक्त हो जाएगा। परन्तु उसका एक नन्हा-सा शिशु था और फिर वह स्वयं भी मरना नहीं चाहती थी। यह दुष्ट विचार केवल क्षण-भर के लिए उसके मन में आया और दूसरे क्षण उसने उसे दूर हटा दिया। आखिर होगा क्या?

क्या गांव वालों के हित के लिए वह इतना बलिदान न कर सकती थी? यह एक बलिदान ही तो था, जैसाकि गांव के नम्बरदार ने बताया था। 'यह वास्तव में पाप न होगा, इस प्रकार के बलिदान की धर्मशास्त्रों में भी आज्ञा है।'—बूढ़े नम्बरदार ने ऐसा ही पढ़ा था। उसने अपनी पगड़ी उतारकर जमना के पैरों में भी रख दी और रुद्ध कंठ से उससे विनती की कि वह गांव को संकट से बचा ले। तहसीलवालों के अत्याचार दिन-प्रतिदिन बढ़ते जा रहे थे, और यदि यही स्थिति रही तो कुछ ही दिनों में इस गांव के भीतर घास का एक तिनका भी न मिलेगा। उनके पशु शरद्काल में भूखों मर जाएंगे। इस संकट से बचने का केवल एक ही उपाय था। क्या जमना अपने वृद्ध धर्म गुरु की प्रार्थना स्वीकार कर लेगी।

जमना ये बातें सुनकर मौन हो गई। उसने चादर से अपनी आंखों के आंसू पोंछ डाले और धरती से घास के तिनके तोड़ने लगी।

दूसरे दिन तहसीलदार साहब सागरा से विदा हो गए। जाते समय उन्होंने गांव के बूढ़े नम्बरदार को प्रसन्नमुख आश्वासन दिया कि न तो वे लगान में वृद्धि करेंगे और न ही किसी को कारावास का दण्ड देंगे, अपितु वे बूढ़े नम्बरदार के लिए जैलदारी की सिफारिश करेंगे। उन्हें अकस्मात् अनुभव हुआ कि इस गांव के निवासी बहुत सज्जन, सत्कारी और आज्ञाकारी हैं और वे उच्च अधिकारियों का ध्यान इस ओर आकर्षित कराएंगे। मंशी अब्दुर्रहमान और पेशकार घसीटाराम भी बहुत प्रसन्न थे। गांव के पंचों ने उनकी भी मुट्ठी गरम कर दी थी। तहसील वाले भी प्रसन्न थे और तहसील के पशु भी, जिन्हें हरी घास और नई मकई के दाने प्रतिदिन खिलाए गए थे।

जब तहसील वालों का काफिला गांव से चला, तो कई मन बासमती के सुगंधित चावल खच्चरों पर लदे हुए थे। एक बड़ टोकरे में एक मजदूर मुर्गियां लिए जा रहा था, जो पंखों को फड़फड़ाकर बार-बार कुड़कुडाती थीं। दो ब्राह्मण तहसीलदार के घोड़े की बाग थामे हुए थे और तहसीलदार के शेष कर्मचारियों के साथ-साथ भी एक-एक आदमी इसी प्रकार बाग थाले चल

रहा था। गांव की सीमा के बाहर आकर पेशकार ने कहा, "हुज़ूर! खलाथन्ना गांव की भी कुछ मिसलें अभी बाकी हैं, यहां से कोई दस कोस होगा।"

घोड़ों की बागें मौजा खलाथन्ना की ओर मोड़ दी गईं। पतली-सी पगड़ण्डी पर चलता हुआ यह लम्बा काफिला पिण्डारों का एक समूह प्रतीत होता था, जो निहत्थी प्रजा से अपनी रक्तिम पिपासाओं को शान्त करने के लिए कर प्राप्त करने जा रहा हो। पगडण्डी एक ऊंचे पहाड़ के चारों ओर चक्कर खाती हुई ऊपर उठती जा रही थी। काफिला चलता गया और भयभीत ब्राह्मण मूक, पत्थर-से खड़े उसे देखते रहे। उन्हें विश्वास न हुआ कि तहसील वाले उनके गांव से चले गए हैं और अगले कई वर्षों तक इधर फिर न आएंगे। उन्हें भ्रम था कि जब वे वापस गांव में पहुंचेंगे तो तहसील वालों को उपस्थित पाएंगे। बूढ़े नम्बरदार का विचार था कि तहसील वालों का उनके गांव में आगमन किसी आने वाली भारी विपत्ति का सूचक था और आकाश के देवताओं का प्रकोप बिजली बनकर सागरा पर टूटेगा। यह आपत्ति-सूचक विचार आते ही उसका समस्त शरीर कांप उठा। परन्तु पिंडारे अपना कर प्राप्त कर चुके थे और अब निःशंक गति से खलाथन्ना की दिशा में जा रहे थे। उन्होंने मुड़कर एक बार भी सागरा की ओर दृष्टिपात न किया, जिसे उन्होंने अब एक चिचोड़ी हुई हड्डी की भांति एक ओर फेंक दिया था। शनैःशनैः यह काफिला चलता हुआ ऊपर पगडण्डी पर फैली हुई धुन्ध में लिप्त हो गया और सागरा के निश्चल, निर्जीव, मूर्तिवत् खड़े हुए प्राणियों में चेतना उत्पन्न हुई। शुष्क होंठों पर जिह्वा फिरने लगी और शान्ति एवं स्वतन्त्रता के दीर्घ निःश्वास निकलने लगे।

जिस मानवी समाज में एकता तथा समानता नहीं है, वहां नारकीय अत्यचार की अन्धी बिजली ऊपर से टूटती है और लपकती हुई समाज के निम्नतर स्तर तक जा पहुंचती है, जहां इसका प्रहार सबसे अधिक कठोर और विनाशकारी होता है। समाज के अन्धे विधान का वह प्रकोप, जो सागरा के ब्राह्मणों पर पड़ा, एक बिजली बनकर जमना पर टूटा। जमना—स्वर्णमूर्ति की भांति जगमग-जगमग करती प्रतिमा, जिसने उस रात गांव वालों के हित के

लिए अपने लावण्यमय यौवन की समस्त कोमलताएं पिंडारों के सरदार की कामातुर गोद में मोतियों की भांति विखेर दी थीं। वही जमना आज तहसील वालों के कूच कर जाने के पश्चात् ब्राह्मणों के क्रोध और रोष का शिकार बनी। यदि जमना यह समझती थी कि अपने इस बलिदान से उसने गांव वालों को अनुगृहीत कर दिया था तो यह उसका भारी भ्रम था। यदि उसकी धारणा यह थी कि उसने कोई पवित्र कार्य किया, तो यह भी उसका भ्रम-मात्र था। यदि गांव के नम्बरदार ने उसको ऐसा करने के लिए बाध्य किया तो यह एक परम कर्तव्य था, जो नम्बरदार होने के नाते गांव की सुरक्षा के लिए उस पर लागू हुआ था। परन्तु वे अब यह सहन करने को कदापि उद्यत नहीं थे कि वह स्त्री, जिसके नव लावण्यमय रूप के कारण उन पर यह भारी विपत्ति आई थी, यूं गांव में दनदनाती फिरे और प्रतिदिन गांव वालों को विपत्तियों में फंसाती फिरे; क्योंकि धरती के देवताओं के मुंह जब लहू लग जाता है, तो उनकी पिपासा और अधिक जाग्रत् हो जाती है और यद्यपि सब देवता जबान नहीं रखते, परन्तु सबकी दृष्टियां समान नहीं होती हैं। इस कारण क्या यह सम्भव न था कि तहसीलदार साहब के पश्चात् थानेदार साहब आ धमकें और उनके पश्चात् जंगलों के अफसर और फिर चुंगी के अधिकारी...

इन अनेक कारणों से बहुत विचार-विनिमय और तर्क-वितर्क के पश्चात् गांव की बिरादरी ने निर्णय किया कि जमना को बिरादरी से बहिष्कृत कर दिया जाए, उसे घरों में प्रविष्ट न होने दिया जाए। उसकी दुकान से कोई वस्तु न खरीदी जाए ओर उसका पूर्ण रूप से बाइकाट कर दिया जाए, जलस्रोत पर उसे न आने दिया जाए, कोई स्त्री उससे वार्तालाप न करे और उसे शीघ्र से शीघ्र गांव छोड़ने के लिए बाध्य किया जाए। इसके अतिरिक्त बिरादरी ने एक भारी यज्ञ रचाने का निर्णय किया, जिसमें समस्त सागरा निवासी प्रायश्चित्त करें और रामदेई, दुलारी और खेतरी की शुद्धि के पश्चात् उनको नया जन्म दिया जाए और शिवजी के पवित्र मन्दिर में एक सहस्र बार परिक्रमा के पश्चात् यह प्रार्थना की जाए कि भविष्य में सागरा निवासी इस प्रकार के दैवी प्रकोप से सुरक्षित रहें।

कदाचित् जमना का हतय इस आकस्मिक प्रहार को सहन न कर सका। उस दिन के पश्चात् उसे किसी ने मुस्कराते हुए नहीं देखा। ऐसा प्रतीत होता कि उसका हृदय टुकड़े-टुकड़े हो गया है, क्योंकि उसकी आंखें अब ऊपर न उठती थीं। उसे ऐसा लगता था मानो कोई अज्ञात परन्तु सूक्ष्म पदार्थ पहले था, परन्तु अब नहीं रहा; मानो सहसा किसी ने गला घोंटकर उसे मार डाला हो। अन्तस्तल के इस भयानक शून्य को ग्रामवासियों के निर्दयतापूर्ण व्यवहार ने और भी असह्य कर दिया। कुछ दिन वह खोई-खोई-सी रही। उनके नेत्रों में अश्रु न रहे, न अपने बच्चों के लिए पहला-सा प्यार। जब स्त्रियां जलस्रोत पर पानी भरने गगरियां उठाए उसकी दुकान के आगे निकलतीं, तो उसके व्यंग्य और विषैले बोल उसके घायल हृदय को छेदकर निकल जाते। परन्तु उसके नेत्रों में अब आंसू न रहे थे, जो उसके कपोलों पर ढुलक-ढुलककर उसकी झुलसी हुई आत्मा को शीतल कर देते। कुछ ही दिनों में उसका लावण्य मिट गया। उसमें यौवन था, सौन्दर्य था, मोहकता भी थी, परन्तु आत्मा मर गई थी। और जिस दिन प्रायश्चित्त को यज्ञ रचाया गया और नीले आकाश ने; हरियाले खेतों ने, स्त्रियों के रंगीन वस्त्रों ने, चमकते आभूषणों और संगीतभरे गीतों ने जमना के अन्तस्तल में उथल-पुथल मचा दी, तब वह व्याकुल हो उठी और भागी-भागी उस बूढ़े नम्बरदार के पास पहुंची और उसके चरणों में जा गिरी। परन्तु बूढ़े नम्बरदार ने पवित्र पांव परे खींच लिए और उसे झिड़ककर कहा कि वह एक पतित नारी है, और वह उस यज्ञ में। सम्मिलित न हो, प्रायश्चित्त करने का कोई अधिकार नहीं है। बिरादरी का निर्णय सबके लिए मान्य था।

सारा दिन यज्ञ होता रहा और बूढ़े ब्राह्मण संस्कृत और हिन्दी के मिले-जुले अशुद्ध श्लोकों का उच्चारण करते रहे। हवन और सामग्री का सुगंधित धुआं ऊपर आकाश में उठता रहा...खेतरी, दुलारी और रामदेई ने नया जन्म लिया, गांव के प्रत्येक व्यक्ति ने प्रायश्चित्त किया। जौ, मकई के आटे और गुड़ का बना हलवा प्रसाद के रूप में बांटा गया, परन्तु जमना को किसी ने न पूछा और न ही उसे यज्ञ-मण्डप के समीप आने दिया गया।

संध्या समय शिवजी के मन्दिर की परिक्रमा करने और शंख-घडियाल बजाकर आरती उतारने के पश्चात् मन्दिर के द्वार बन्द कर दिए गए और सब लोग अपने-अपने घरों को चले गए। बहुत समय बीत जाने पर जमना शिवजी के मन्दिर के समीप आई। वहां कोई न था और द्वार बन्द थे। उसने चाहा कि वह भी मन्दिर की परिक्रमा करे, परन्तु उसे द्वार खोलने का साहस न हुआ। वहीं द्वार के बाहर खड़ी होकर उसने अपने सिर की ओढ़नी गले में डाल ली और हाथ जोड़कर खड़ी हो गई। वह बहुत समय तक इसी प्रकार वहां खड़ी रही। अस्ताचल की ओर जाते हुए सूर्य की अन्तिम किरणों का स्वर्णिम आवरण चीड़ और देवदारु के वनों में फैलता हुआ पर्वत-श्रेणियों की अन्तिम चोटियों पर आ पहुंचा और फिर क्षितिज की रक्तिम रेखा-मात्र रह गया। कुछ समय पश्चात् क्षितिज की वह रक्तिम रेखा भी विलीन हो गई और पर्वत, उनकी हरियाली घाटी और शिखाएं सब नीले और काले रंग के भयंकर मिश्रण में लुप्त हो गए। संध्या के घिरते हुए अन्धकार में जमना ने मन्दिर के देवता से बार-बार पूछा कि क्या उसके पाप का कोई प्रायश्चित्त नहीं है; क्या वह वस्तुतः गांव वालों की अपेक्षा अधिक अपराधी और दूषित थी? परन्तु अनेकों प्रार्थनाओं के पश्चात् भी जब मन्दिर के देवता ने कोई उत्तर न दिया और द्वार न खुले और रात के सघन अन्धकार में स्वयं शिवजी का मंदिर उस पर हंसता-सा प्रतीत हुआ, तो सहसा उसकी श्रद्धा और भक्ति की दीवारें गिर गई। उसका घायल अहम उसके वक्ष में नाग की भांति फंफकार उठा और तीव्र गति से जमना शिवजी के मन्दिर से लौट आई।

वह पगडण्डी जो गांव से बाहर घाटियों और वनों में से होती हुई जा रही थी, रात्रि के सघन अन्धकार में आशा की अन्तिम किरण बनकर चमक रही थी। परन्तु उस रात सागरा के किसी ब्राह्मण ने उस पगडण्डी पर जाती हुई उस स्त्री को नहीं देखा, जिसके केश बिखरे हुए थे, जिसके गले में एक मैली ओढ़नी के दो छोर लहरा रहे थे, जिसके मुख पर न उन्माद था, न विषाद, न आशा, न निराशा और न जीवन और न मत्यु, जो तीव्र गति से भागी जा रही थी। उस स्त्री को किसी का भय न था। पर्वत शिखाओं की कठोर नीरवता

में ऐसी भयानक निस्तब्धता घुली हुई थी कि मानो वे किसी के मिटते हुए जीवन का अन्तिम विनाशकारी दृश्य देख रहे हो। वह एक ऐसा सन्नाटा था जिसके पर्दे में किसी आने वाले तुफान की गर्जना सुनाई देती थी। परन्तु उस रात सागरा के किसी ब्राह्मण ने उस पगडण्डी पर जाती हुई स्त्री को नहीं देखा। हां, कुछ दिनों के पश्चात् उन्होंने सुना कि खोईराटा गांव के समीप एक युवती का शव पाया गया। उसकी आकृति जमना से मिलती-जुलती थी। गांव के एक बूढे नम्बरदार ने जमना के बच्चे के पालन-पोषण का भार अपने ऊपर ले लिया और जमना की भूमि और दुकान भी अपने हाथ में ले ली।

ठण्डा कोठा

जब विश्वनाथ पूजा-पाठ से निवृत्त होकर बैठक में आया तो महरिया उसके लिए दूध का गिलास ले आई, जिसे वह आरामकुर्सी पर बैठकर धीरे-धीरे पीने लगा। दूध के बीच में बादाम और पिस्ते आ जाते थे। वह रुक-रुककर उन्हें कुट-कुट कर चबाने लगता था। विश्वनाथ को पिस्ताबादाम वाला दूध बहुत पसन्द था। दूध पीकर विश्वनाथ का चेहरा उस बच्चे की तरह हो गया, जिसके मुंह से अभी-अभी चीनी निकाल ली गई हो। दूध पीकर उसने अपने पेट पर हाथ फेरा, शायद यह देखने के लिए कि दूध पेट में ही गया है या कहीं और तो नहीं गया? जब उधर से उसे इत्मीनान मिला तो उसने एक दूध पिए हुए मस्त बछड़े की तरह आराम से एक अच्छी-सी डकार ली। अपनी धोती को टांगों पर ठीक किया। फिर महरिया को खाली गिलास देकर बोला :

"आज तेरी मालकिन आ रही हैं, घर ठीक मिलना चाहिए। भोजन उम्दा—रसोई-घर साफ-सुथरा, अच्छे झाड़न से पोंछा हुआ—।"

"सब ठीक मिलेगा मालिक—" महरिया ने एक सुलझी हुई चतुर नौकरानी की तरह कहा और अन्दर जाने लगी।

"सुन," विश्वनाथ उसे रोक कर बोला, "तुझे मालूम है, बिटिया भी आ रही है। वह एफ० ए० पास हो गई है।"

"प्रीतिबाला आ रही है—" महरिया पान से सड़े हुए काले-काले दांतों

को निकालकर बोली, "मैं तो बिटिया के लिए रसमलाई तैयार रखूंगी।"

"विश्वनाथ अपनी बेटी और पत्नी के साथ आगमन पर बहुत प्रसन्न था। इस खुशी में उसने एक डकार ली, एक बार फिर अपने नंगे पेट पर हाथ फेरा। जनेऊ को उंगलियों में घुमाकर ठीक किया। और जब उसे यकीन हो गया कि पेट और धर्म दोनों सलामत हैं तो उसने आरामकुर्सी के बाज़ू में लगा हुआ बिजली का एक बटन दबा दिया। बटन दबाते ही कमरे से बाहर दूर कहीं एक घण्टी बजी और बरामदे में से किसी के कदमों की चाप करीब आती हुई महसूस हुई। फिर जफर अन्दर आया।

"जफर—" विश्वनाथ बोला।

"जी, जफर बोला।

"मोनू बाबू आ गए?"

"आधे घण्टे से बाहर बैठे हैं।"

"तो उनको अन्दर भेज दो न। महरिया, एक गिलास दूध और लाओ, बादाम और पिश्ता ज्यादा छोड़ना।" विश्वनाथ ने अपने मेहमान के लिए खास हिदायत दी। मोनू बाबू बड़े हंसमुख बाबू थे। उनकी जिन्दगी में दो के फिगर का बहुत ही दखल था। वह अपने बाप के दूसरे बेटे थे और उसकी दूसरी बीवी से थे। उन्होंने एक विधवा से शादी की थी और सेकण्डहैंड गाड़ियों का धंधा करते थे। वह साल में दो बार विलायत जाते थे और दो बार पैदा होने की आरज़ू रखते थे। इसलिए उन्होंने अन्दर आते ही दूध पेश किए जाने पर दूध के गिलास के साथ दो कटोरियां मंगा लीं। और बारी-बारी दोनों कटोरियों में दूध डालकर पीने लगे।

"बहुत जी चाहता है कि आपके दो मुंह होते।" विश्वनाथ ने मजाक किया।

"मगर दो होंठ तो हैं।" मोनू बाबू दूध पीते हुए बोले।

"और दो नाके होतीं।"

"मगर दो नथुने तो हैं।" वह अपनी नाक पर हाथ लगाकर बोले। मोनू बाबू को दो का मर्ज था। इसलिए जब बिजनेस की बात होने लगती तो वह दो हजार दो सौ बाईस से कम रकम लेने पर आमादा न होते थे। विश्वनाथ ने

बहुत समझाया कि दो हजार ले लो, मगर मोनू बाबू किसी तरह राजी न हुए। बोले—मैं दिन में एक तो परफेक्ट धन्धा ऐसा करता हूं जिसकी रकम का आंकड़ा दो से होता है। मेरी लक की बात यही है।

विश्वनाथ बहुत देर तक मोनू बाबू को समझाते रहे; मगर इस मामले में मोनू बाबू को कोई न समझा सकता था। आखिर में विश्वनाथ ने हथियार डाल दिए और बोले, "अच्छा शाम को आ जाना, तुम्हारी, बात रख लेंगे। दोस्त जो ठहरे..."

"तो उसको लेता आऊं...?" मोनू बाबू ने पूछा।

"हां, लेते आना। मगर छः बजे तक जरूर आ जाओ। मुझे सयालदह स्टेशन पर अपनी बीवी और बच्ची को लेने के लिए जाना है।"

"ठीक छः बजकर दो मिनट पर पहुंच जाऊंगा।" मोनू बाबू हंसकर बोले और चल दिए।

उनके जाने के बाद विश्वनाथ ने फिर घंटी बजाई।

"जफर?"

"जी।"

"कमर आ गया?"

"दो घंटे से बाहर बैठा है मालिक।"

"तो उसे अन्दर भेज दो न।" विश्वनाथ ने बड़ी नर्मी और मुलायमियत से कहा। कमर के बहुत-से नाम थे। जब वह अपने वतन में गया था तो उसका नाम मोंगिया था। जब बम्बई चला गया और बांदरे में रहने लगा तो उसने अपना नाम विक्टर रख लिया। वहां से जब कमाठीपुर चला गया तो कमर बन गया। बम्बई वालों ने जब उसे तड़ी पार कर दिया तो वह कलकत्ते चला आया, क्योंकि जिस तरह का उसका काम था उसके लिए एक बड़े शहर का होना जरूरी था।

विश्वनाथ बोले, "कहो कमर?"

"बोलो सेठ?" कमर ने बेखौफ धारदार लहजे में कहा।

"सुना है, तुमने पांच सौ पन्द्रह को एयर कण्डीशण्ड कर लिया है?"

"हां सेठ, अक्खा बाड़ी एयर कण्डीशण्ड कर दिया है। अब उसे कोई पांच

सौ पन्द्रह नम्बर नहीं बोलता।"

"क्या बोलता है?"

"अब हम लोग उसको ठण्डा कोठा बोलता है। अक्खा सोनागाछी घूम आओ, तुमको कोई दूसरा ठण्डा कोठा नहीं मिलेगा।" कमर ने फख्य के साथ कहा, "नवा रंग, नवा फर्श, गलीचा, झाड़-फानूस, एकदम फर्स्ट क्लास। परफेक्ट कण्डीशन, कभी आओ न।"

"राम-राम!" विश्वनाथ घबराकर बोला, "हम बाल-बच्चे वाले हैं, हम ऐसा काम नहीं करता, कभी नहीं करता।"

कमर विश्वनाथ की घबराहट को देखकर हंसने लगा, बोला, "हमने तो ऐसे ही मजाक किया था!...सेठ, तुम्हारी मरजी।" फिर कुरसी करीब खिसकाकर बोला, "ठण्डे कोठे में और जो कुछ सब है सो है, पर माल सब पुराना है—ग्राहक लोग नया माल होने को मांगता—क्यों?"

'क्यों' कहकर कमर ने विश्वनाथ को तेज निगाहों के साथ देखा। और फिर देर तक चुप रहा।

"माल तो है"—विश्वनाथ ने लापरवाही दिखाते हुए कहा।

"नवा।" कमर ने पूछा।

"एकदम नया।" विश्वनाथ ने जवाब दिया।

"मजबूत है?"

"हां।"

"कसा हुआ?"

"एकदम कसा हुआ।"

"स्प्रिगदार?"

"अक्खा बाड़ी स्प्रिंगदार है।" विश्वनाथ कमर को उसी जबान में समझाने लगा, "एक-एक जोड़ अपनी जगह कसा हुआ है।"

"ऊपर का पालिश कैसा है?" कमर ने पूछा।

"तू क्या समझता है? सोलह वर्ष की छोकरी का पालिश कैसा होगा?"

"तो दिखाओ उसको।" कमर ने चैलेंज किया। और विश्वनाथ ने महरिया से कहा कि वह लक्ष्मी को बाहर ले आए।

जब लक्ष्मी बाहर आई तो कमर ने सबसे पहले तो उसका बूटा-सा कद देखा। फिर उसकी सुन्दर गोरी रंगत देखी, उसके लम्बे बाल देखे, बारीक सीपी की तरह कोमल कान देखे। सुतवां नाक देखी, खूब भरे-भरे और गुलाबी होंठों को देखा। कमर ने उसकी आकर्षक आंखों पर ध्यान दिया। कमर में हाथ डालकर उसके लोच को परखा, हाथों की सुन्दर बनावट और पिण्डलियों की खूबसूरती को देखा। गरदन के खम को निगाहों में भांप लिया। एक बार उसने लक्ष्मी के होंठों को खोलकर उसके दांत भी गिन लिए। फिर वह लक्ष्मी के चारों तरफ घूमकर देखा। जगह-जगह टटोला और दो-चार बार चुटकी लेकर मांस और हड्डी की मजबूती का अन्दाज किया। हर सूरत से परखकर जब सन्तुष्ट हुआ तो बोला, "माल अच्छा है—बोलो क्या लोगे?'

"ढाई हजार रुपये।" विश्वनाथ बेधड़क बोला। कमर की आंखों की चमक से विश्वनाथ ने अन्दाजा लगा लिया था कि माल ग्राहक को जी-जान से जंच गया है।

"क्या बात करते हो सेठ?" कमर ने झुंझलाकर कहा, "इस माल के ढाई हजार रुपये? धंधे की बात करो। तीन सौ, चार सौ में तो बंगाल का जादू बिकता है। पांच सौ में कश्मीर का सेब विकता है। अपना वाला बचना छः सौ में ईरानी आलूचे लाया है। तुम देखोगे तो दंग रह जाओगे। तुमको इस माल के ढाई हजार कौन देगा?"

"असली पंजाबी माल है कमर मियां," विश्वनाथ बाबू गरमजोशी से चुपचाप खड़ी हुई लक्ष्मी की तरफ इशारा करते हुए बोले, "तुमको तो मालूम है कि बंगाल का जादू दस दिन के बाद नहीं बोलता। कश्मीर का सेब एक सीजन के बाद नहीं चलता। ईरानी आलूचा दूसरे सीजन में ही आलूबुखारा मालूम होने लगता है।"

"वह तो ठीक है मगर..." कमर ने जल्दी से विश्वनाथ की बातचीत के रुख को बदलना चाहा। लेकिन विश्वनाथ उसको अनसुनी करते हुए बोला, "कमर

भाई, तुम कोई फुटकल धंधा नहीं करते हो। तुम्हारी तो बाकायदा दूकानदारी है। तुम तो, हमारी तरह बिजनेसमैन हो। तुमको तो सब मालूम है।"

वह तो सब ठीक है सेठ।" कमर बोला, "लेकिन अपने को भी बाजार के भाव के साथ चलना पड़ता है। आजकल मारकेट में माल बहुत आ गया है। रेट बहुत मंदी में जा रहा है। मैं एक हजार से ज्यादा नहीं दे सकता।"

"एक हजार इस माल के लिए?" विश्वनाथ ने तनिक रुख बदलकर कहा। फिर वह जल्दी से अपनी जगह से उठा और उसने लक्ष्मी की सलवार का एक पांयचां घुटने तक उलट दिया और बोला, "इधर देखो इस टांग को। ऐसी टांग कहीं भी नहीं मिलेगी। फिर उसने जल्दी से सलवार को टखने के बराबर कर दिया और फिर जल्दी से अपनी जगह आकर खड़ा हो गया, फिर अपने हाथ के पंजे से लक्ष्मी की गरदन को नापते हुए बोला, "इस गरदन को देखा? लखनऊ की सुराही भी उसके सामने कुछ नहीं है।" फिर उसने एक हाथ लक्ष्मी की पीठ पर दिया और मुड़ते हुए बोला, "इसको ले जाओ तो लोग और कहीं जाना भूल जाएंगे। जहाज से उतरते ही सीधे तुम्हारे ठण्डे कोठे पर आया करेंगे।"

"वह तो अल्लाह के फजल से सब आते हैं।" कमर शेखी से बोला। "सबको मालूम हो गया है कि सोनागाछी में एक ही ठण्डा कोठा है।"

"एक बात कहूं?" विश्वनाथ ने पूछा।

"कहो।"

"न तुम्हारा एक हजार न हमारा ढाई हजार, दो हजार पर क्लोज करो।"

कमर ने इनकार में सिर हिलाया, "इस माल के एक ही हजार बहुत हैं। बाजार में इस कालिटी के माल के यही भाव हैं। बल्कि मैं तो सौ-दो सौ ज्यादा ही बोला हूं। तुम्हारी खातिरी के लिए—चलो ग्यारह सौ लो, खतम करो।"

कमर ने जेब से नोटों की एक गड्डी निकाली और गिनकर सौ-सौ के ग्यारह नोट विश्वनाथ को देने लगा।

विश्वनाथ ने इनकार में मंह फेर लिया। "इस धंधे को करने की तुम्हारी इच्छा नहीं है—महरिया, लक्ष्मी को अन्दर कर दो।"

महरिया आई और लक्ष्मी को अन्दर ले गई।

जब लक्ष्मी अन्दर चली गई तो एक पल को कमर को ऐसा लगा जैसे कि उसकी आंखों की रोशनी चली गई। मगर उसने अपने दिल को कड़ा किया और चेहरे पर इस भाव की झलक तक न आने दी। और लापरवाही के साथ बोला, "तुम जानते हो बाबू, माल की यह किस्म अक्सर बहुत खराब निकलती है। ऐन टाइम पर धोखा दे जाती है। बहुत अड़ीबाजी करती है। इसको काबू में लाना बहुत मुश्किल है। आठ-दस महीने तो इसको ठीक करने में लग जाएंगे। एक साल से पहले इस माल से एक रुपये नफा की उम्मीद नहीं है। मैं दो हजार इस सौदे में फंसाके रह जाऊं तो साला यह कैसा इन्वेस्टमेंट हुआ? तुम खुद सोचो।"

"ग्यारह सौ वाला माल भी मेरे पास है"—विश्वनाथ बात का रुख बदलकर बोला।

"जिसको तुम ग्यारह सौ वाला बोलते हो वह छै सौ का होगा," कमर ने हंसकर कहा।

"दिखाऊँ?" विश्वनाथ ने पूछा।

"नहीं। दिखाना हो तो उसे ही एक बार फिर दिखाओ।"

विश्वनाथ ने आवाज दी—महरिया फिर लक्ष्मी को लेकर आई। कमर खामोश मगर गहरी कारबारी निगाहों से लक्ष्मी को देखने लगा। लक्ष्मी चुपचाप एक मूर्ति की तरह, जिसे किसी लॉन में रख दिया गया हो, खामोश खड़ी थी।

"इस तरह क्या देखते हो कमर भाई?" विश्वनाथ ने पूछा, "अपनी कालिटी का एक ही नग है सारे कलकत्ते में। दो हजार तो इसके टखनों के दाम हैं—और हजार रुपये इसके हाथों के दाम हैं। इतने मजबूत चेसिस की तो आजकल मोटरें भी नहीं बनती हैं किसी कारखाने में! तुम इस किस्म को बुरा कहते हो? अरे, यह तो वह किस्म है जो ग्राहक के बटुए को खाली करवा ले और उसके मुंह में छिपाई हुई आखिरी चवन्नी हलक से उगलवा ले। इसको ले जाओ, तुम्हारे ठंडे कोठे में लक्ष्मी ही लक्ष्मी हो जाएगी।

"लो—अब एक बात करता हूं, न तुम्हारे ग्यारह सौ न मेरे दो—हजार,

अट्ठारह सौ दे दो—क्लोज करो।"

कमर ने जेब से नोटों की गड्डी निकाली और दोबारा उन्हें गिनना शुरू कर दिया। एक, दो, तीन, चार, सोलह नोट गिनकर उसने बाकी नोट अपनी जेब में डाल लिए, और सोलह सौ विश्वनाथ को देते हुए जरा सख्ती और बेजारी के साथ बोला, "मैं बाजार भाव से बहुत ज्यादा दे रहा हूं, इस टैम पर मुझको नये माल की बहुत जरूरत है। यह सोलह सौ ले लो और माल मेरे हवाले करो।"

विश्वनाथ ने केवल पल-भर के लिए विचार किया। उसने क्षण-भर के लिए कमर की आंखों को देखा और भांप लिया कि यदि औरसख्त पड़ा तो कमर कमरे से बाहर चला जाएगा और सम्बन्ध हमेशा के लिए टूट जाएगा। अतएव उसने दूसरे क्षण ही कमर के हाथ से सोलह सौ के नोट थाम लिए और हंसकर बोला :

"चलो दो सौ तुम पर रहे, अगले सौदे में बराबर हो जाएंगे।"

"अगले धंधे की बात अगले धंधे में होगी।" कमर ने सख्ती से कहा, "यह माल मेरे हवाले करो।"

"ले जाओ," विश्वनाथ बोला, "मगर कैसे ले जाओगे?"

"इसके हाथ-पांव बांध दो और आंखों पर पट्टी भी चाहिए।" कमर कहरिया से बोला।

जब लक्ष्मी के हाथ-पांव रस्सियों से जकड़ दिए गए और आंखों पर पट्टी बांध दी गई तो कमर ने एक झटके से माल को अपने कंधे पर रख लिया, और विश्वनाथ से बोला, "नीचे पोर्च में बड़ी गाड़ी खड़ी है, मगर ड्राइवर कोई ऐसा-वैसा आदमी तो नहीं होगा?"

"नहीं, मैंने जफर को बोल रखा है—" विश्वनाथ ने कहा, "चलो, मैं तुम्हारे साथ नीचे पोर्च तक चलता हूं।"

पोर्च में कोई नहीं था, उसके चारों ओर ऊंची-ऊंची दीवारें थीं और बाहर की ओर का बड़ा दरवाजा बन्द था। पोर्च में खड़ी हुई गाड़ी में काले परदे लगे हुए थे। कमर ने गाड़ी का दरवाजा खोलकर लक्ष्मी को पिछली सीट पर डाल दिया। फिर दरवाजे को बहुत एहतियात से बन्द कर दिया। कमर आगे बैठकर

गाड़ी स्टार्ट करने लगा।

शाम छः बजे के करीब मोनू बाबू तशरीफ लाए। वक्त से दो मिनट पहले और एक सेकेण्डहैण्ड गाड़ी में। विश्वनाथ बाबू ने उन्हें दो हजार बीस रुपये देकर कहा, "घर में आज साढे छ: सौ से ज्यादा रुपये नहीं थे और मैं आपको कैश देने का वादा कर चुका था। मेरे पास एक-दो नहीं पूरे सोलह सौ रुपये कम थे। मगर भगवान् की कृपा से ऐन वक्त पर एक धंधा हो गया। तथा मुझे ठीक सोलह सौ मिल गए और मेरा यह काम बन गया। वह ऊपर वाला बड़ा दयालु है..." बीशू बाबू ने ऊपर हाथ करते हुए कहा, "सबका काम करता है।" बीशू बाबू ने जफर से पूछा, "जफर, गाड़ी मैकेनिक को दिखा ली है?"

"जी," जफर ने कहा, "सब ठीक है।"

"ठीक नहीं, एकदम फर्स्ट क्लास है," मोनू बाबू तारीफ करते हुए बोले, "बाजार में इस भाव में ऐसा माल नहीं मिलेगा, इसकी बाडी देखिए

—इसका रंग देखिए, इसका रोगन देखिए, इसकी ब्रेके, पहिये, इसका चेसिस एकदम हाईक्लास है।"

"तो आओ जरा सवारी करके देखें," विश्वनाथ बाबू ने खुश होकर कहा।

जब गाड़ी बहुत-सी सड़कों और चौकों से गुजरकर पतितपावन मंदिर के करीब पहुंची, मोनू बाबू और विश्वनाथ बाबू दोनों ने मंदिर को देखते ही हाथ जोड़ दिए और आंखों को बन्द करके धीरे-धीरे कुछ बुदबुदाने लगे।

बीशू बाबू निहायत ही गद्‌गद् होकर बोले, "भगवान् की कृपा से अब तो आपका कारबार खूब चल निकला है। अब तो आपने दूसरी गाड़ी भी खरीद ली है।"

बीश बाबू बड़े ही इत्मीनान से सीट पर टेक लगाकर आराम से सो गए और मोनू बाबू की तरफ एक उंगली उठाकर बोले, "मोनू बाबू, मैंने यह गाड़ी अपने लिए नहीं खरीदी है, बल्कि अपनी बिटिया के लिए। प्रीतिबाला ने एफ० ए० पास कर लिया है और आज अपनी मां के साथ वापस आ रही है और अब यहीं कलकत्ते में रहेगी तथा यहीं पढ़ेगी। मैं उसको ऊंचे दरजे की

तालीम दिलाऊंगा। यही नहीं, दूसरी एक अच्छी-सी गाड़ी खरीदकर उसको दूंगा, जिससे मेरी बेटी किसी चीज की कमी महसूस न करे।"

एकाएक विश्वनाथ बाबू चुप हो गए। क्योंकि गाड़ी एक धक्के से रुक गई थी। ड्राइवर ने ठीक समय पर ब्रेक लगा दिया था, वरना दूसरी गाड़ी से टकरा जाती जो सामने से बड़ी तेजी के साथ बिजली-सी रास्ता काटकर निकल गई थी।

"बाप हो तो आप जैसा," मोनू बाबू ने तारीफ करते हुए विश्वनाथ से कहा। मगर विश्वनाथ ने कोई जवाब न दिया। उसकी नजर उस गाड़ी पर थी जिसपर काले परदे पड़े हुए थे और जिसे कमर बहुत ही तेजी से भगाता हुआ कहीं लिए जा रहा था...

क्या करूं

लगभग साढ़े नौ बजे सरदार सदाबहारसिंह की फिल्म प्रोडक्शन नं० 1 —'चल चल रे कोचवान' के पहले दो गानों का रिकार्डिंग लक्ष्मी स्टूडियो में समाप्त हो गया। बेचारे सरदार सदाबहारसिंह फिल्म-इण्डस्ट्री में नये-नये आए थे, इसलिए मास्टर अच्छनराव ने, और गीत गाने वाली मिस धनाश्री ने, और साज बजाने वालों ने अपने-अपने पैसे वहीं स्टूडियो में रिकार्डिंग से पहले ही वसूल कर लिए थे।

रिकॉर्डिंग समाप्त होने के बाद जब तीनों साज बजाने वाले स्टूडियो से बाहर निकले तो उन्होंने सोचा कि इस अवसर पर सबसे निकट का शराबखाना रे रोड पर पड़ेगा। छोटी आंखों और लम्बी दाढ़ी वाला सरमुखसिंह ढोलकिया आगे-आगे हो लिया। उसके पीछे वायलिन बजाने वाला डिमेलो और बंसरी बजाने वाला नवाज (जो स्वयं भी इतना दुबला-पतला था कि दूर से देखने पर एक बंसरी नहीं तो बांस की एक खपची अवश्य दिखाई देता था), चल पड़े। ये तीनों पीने वाले थे। और इस समय तीनों बुरी तरह प्यासे दिखाई पड़ रहे थे। इस समय उन्हें लक्ष्मी स्टूडियो से रे रोड के शराबखाने तक पैदल जाना भी अखर रहा था। इसलिए इन तीनों ने मास्टर अच्छनराव की पैकार्ड कार को घेर लिया। उसमें उस समय मास्टर जी की प्रेमिका मिस धनाश्री बैठी हुई थी, किन्तु शराव का प्रेम औरत के प्रेम से कम नहीं होता। बल्कि पीने वाले तो कहते हैं कि शराब का

नशा औरत के नशे से अधिक बढ़िया और गहरा होता है। खैर, यह एक लम्बी बहस है जो सैकड़ों वर्षों से चल रही है और सैकड़ों वर्षों तक चलती रहेगी। तो मिस धनाश्री की पोजीशन का खयाल न करके तीनों ने मास्टर अच्छनराव से प्रार्थना की कि वे उन्हें रे रोड के शराबखाने पर उतार दें।

"तुझपर साईं बाबा मेहरबान हो मास्टर!" सरमुखसिंह मीरासियों के-से ढंग में बोला।

मास्टर अच्छनराव ने मुस्कराकर मिस धनाश्री की ओर देखा। सांवले रंग की, प्यारी-सी लड़की आंखें झुकाए एक कोने में दुबकी बैठी थी। उसने मास्टर अच्छनराव की ओर देखा भी नहीं। किन्तु मास्टर अच्छनराव को पता था कि इस समय मिस धनाश्री इस गाड़ी में एक क्षण के लिए भी इन लोगों की मौजूदगी को सहन नहीं करेंगी। मामला टेढ़ा था। इधर साज बजाने वालों का बार-बार निवेदन, उधर उस मनमोहिनी मूरत का नि:शब्द विरोध। आखिर मास्टर अच्छनराव ने एक जोर का कहकहा लगाकर कहा :

"बैठ जाओ गाड़ी में कमबख्तो! साईं बाबा की दुहाई देकर कहते हो तो मैं कैसे टाल सकता हूं? क्यों जानियां?"

यह कहकर मास्टर अच्छन राव ने अपना काले बालों वाला खुरदार हाय मिस धनाश्री के कोमल कन्धों पर टिका दिया और मोटर स्टार्ट कर दी। साईं बाबा का नाम सुनते ही धनाश्री अच्छनराव के कन्धे से लग गई। साईं बाबा बम्बई का सबसे बड़ा पीर है। वह हिन्दुओं, मुसलमानों, ईसाइयों, सिक्खों—सबका पीर है। बम्बई जैसी कौस्मोपोलिटन जगह में, जहां हर धर्म, जाति और विचार के लोग बसते हैं, वहां एक कौस्मोपोलिटन टाइप के साधु-महात्मा, पीर-पैगम्बर की भी आवश्यकता है जो 'साई बाबा' ने पूरी कर दी है। फिल्म इण्डस्ट्री के लोग तो विशेष रूप से साईं बाबा के बड़े भक्त हैं। प्रत्येक नई पिक्चर के मुहूर्त से पहले साईं बाबा के मजार पर चढ़ावा चढ़ाया जाता है। पिक्चर बनने के बीच में फूलों की चादरें भेजी जाती हैं। यदि पिक्चर सफल हो जाए तो यह साईं बाबा की कृपा समझी जाती है, असफल हो जाए तो पिक्चर बनाने वाले की गलती। दोनों अवस्थाओं में साईं बाबा का

कोई दोष नहीं। मानव और देवता में यही अन्तर है कि आप मानव को—चाहे वह कितना ही महान् क्यों न हो—दोषी ठहरा सकते हैं, किन्तु आप देवी-देवताओं पर किसी प्रकार का कोई दोष नहीं लगा सकते। इसलिए साईं बाबा का नाम सुनकर मास्टर अच्छनराव की 'जानियां' मिस धनाश्री चुप होकर रह गई।

रे रोड के अड्डे पर अच्छनराव ने गाड़ी का दरवाजा खोलकर सरमुखसिंह, डिमेलो और नवाज को उतार दिया। वायलिन बजाने वाला डिमेलो, जिसकी ठोड़ी बातचीत करते हुए भी गरदन के साथ ऐसा कोण बनाती थी जैसे वह अब भी किसी वायलिन पर टिकी हुई है, मुस्कराकर बोला :

"मास्टर, एक गिलास हमारे साथ पीना मांगता है?"

"नहीं, नहीं, डिमेलो," अच्छनराव अपनी प्रेयसी की ओर देखकर बोला, "अब रुकेगा तो जानियां नाराज हो जाएंगी। क्यों जानियां?"

और यह कहकर अच्छनराव ने एक जोर का कहकहा लगाया।

जब अच्छनराव कहकहा लगाता है तो इसका शरीर इस तरह कांपने लगता है जैसे भूचाल आ रहा हो। साधारणतया लोग कहकहे लगाते ही नहीं, और जो लगाते हैं वे इतना संक्षिप्त-सा लगाते हैं जैसे यह कोई कहकहा नहीं है, मेंढक है, जिसे उन्होंने मुंह में दाब रखा था, जरा मुंह खोला और मेंढक फड़ाक से बाहर। कुछ लोग ऐसा कहकहा लगाते हैं जिसमें आवाज ही नहीं होती। बस, मुंह होंठों से तालू तक खुला हुआ है—अन्दर सांस की नलकी तक दिखाई दे रही है, किन्तु आवाज नहीं आ रही है। हां, आंखों के बार-बार खुलने और बन्द होने से पता लग रहा है कि रोगी पर कहकहे का दौरा पड़ा हुआ है। कुछ लोग कहकहे में आवाज तो निकालते हैं किन्तु यह आवाज इतनी पतली, इतनी बारीक, 'हि-हि' किस्म की होती है कि ऐसा लगता है जैसे यह आवाज फेफड़ों में से नहीं, आंतों में से निकल रही है। किन्तु अच्छनराव का कहकहा इस किस्म का कहकहा नहीं है। उसका कहकहा उसके शरीर की भांति भारी-भरकम है। वह जब कहकहा लगाता है तो उसके शरीर की सारी बिल्डिंग हिलने लगती है। ऐसा मालूम होता है कि कहकहा

आतिशबाजी के अनार की भांति उसके सारे शरीर से फूट रहा है। ह-ह-हा-हा की गगन-भेदी आवाज बढ़ती ही चली जाती है, यहां तक कि दूसरे लोगों को भी बिना कारण ही, उसके कहकहे में सम्मिलित होना पड़ता है। अच्छनराव का कहकहा बवण्डर की भांति आगे-आगे बढ़ता ही जाता है।

उस समय यही हुआ। कहकहे के मैच में सरमुखसिंह, डिमेलो और नवाज को भी सम्मिलित होना पड़ा। हंसते-हंसते सरमुखसिंह की दाढ़ी के क्लिप खुल गए, और डिमेलो दोहरा हो गया। जब मिस धनाश्री ने जरा क्रोध से कहा, "अब चलो भी," तब तास्टर अच्छनराव ने झट से कहकहा लगाना बन्द किया, अपने साथियों से क्षमा मांगी और अपनी 'जानियाँ को लेकर चला गया।

तीनों साथी रे रोड के शराबखाने में शामिल हुए। यह शराबखाना एक-दो मंजिली इमारत में है। निचली मंजिल में 'बार' है और ऊपर की मंजिल में अलग-अलग कमरे हैं जहां जरूरतमंदों के लिए मनोरंजन के साधन जुटाए जाते हैं। इस शराबखाने का वातावरण बहुत ही घरेलू-सा है। वेटर बड़े नम्र और समझदार हैं। शक्ल व चाल-ढाल से पेशेवर राजनीतिज्ञ दिखाई देते हैं। मेजें न बहुत गन्दी हैं, न बहुत साफ, और न वे मूल्यवान् हैं, न बहुत घटिया। यहां हर प्रकार की शराब मिलती है बढ़िया से बढ़िया विलायती शराब और घटिया से घटिया देसी शराब। मजदूर, क्लर्क, दूकानदार, फिल्म उद्योग में काम करने वाले, बीच के दर्जे के पूंजीपति, इन्जीनियर, विद्यार्थी भिन्न-भिन्न मेजों पर बैठे हुए बातें कर रहे हैं। वातावरण में तम्बाकू और शराब की गंध रची हुई है, पकौड़ियों और कबाबों की गंध फैली हुई है, मूंगफली के 'घी' में तले जाने वाले अण्डों की बसांद है और मिली-जुली सांसों की गंध हवा में तैरती हुई मालूम होती है। दीवारों पर महात्मा गांधी, जवाहरलाल नेहरू और साई बाबा के कैलेण्डर हैं। पारसी बारमैन की मोटी, लाल नाक पर नीली नसों का जाल उभरा हुआ है। कभी-कभी ऊपर की मंजिल से कोई जनाना कहकहा तैरता हुआ आता है, तो ऐसा लगता है जैसे एक क्षण के लिए बादलों के गुबार में बिजली चमक गई। नीचे बार में सबके कान खड़े हो जाते हैं। चेहरे

उस बिजली की रोशनी से एक क्षण के लिए चमक उठते हैं। कोई सुन्दर स्वप्न, कोई आन्तरिक तड़प, कोई सुप्त भावना मचलकर जाग उठती है।

नवाज, सरमुखसिंह और डिमेलो ने बार में घुसते ही चारों ओर निगाह दौड़ाई। किन्तु, कहीं कोई मेज खाली नहीं थी। केवल एक कोने में एक मेज खाली थी जिसके ऊपर फिल्मों की पुरानी विख्यात अभिनेत्री मिस कज्जन का चित्र उलटा लटका हुआ था। तीनों व्यक्ति जल्दी से उस मेज की ओर लपके। उन्हें उधर जाते देखकर बैरा उनके पीछे लपका। वे अभी बैठने भी न पाए थे कि बैरे ने बड़ी नम्रता से कहा :

"हुजूर, यह मेज दी जा चुकी है।"

"किसको?" सरमुखसिंह ने दाढ़ी में विलप लगाते हुए कहा।

"एक साहब हैं।"

"चार कुर्सियां है, हम तीन हैं। हमारे बैठने के बाद भी एक कुर्सी खाली रहेगी। वे साहब उस पर बैठ सकते हैं।" नवाज ने तनिक क्रोध से कहा।

"किन्तु यह मेज तो दी जा चुकी है, हुजूर!"

"कोई बात नहीं। जब वे साहब आएंगे, हम उठ जाएंगे। तुम लपककर स्कॉच ह्विस्की के तीन बड़े पेग ले आओ।"

बैरा अब क्या कहता? वह एक क्षण रुका। फिर ह्विस्की लेने चला गया। तीनों मित्र कुर्सियों पर आराम से बैठ गए। वे अपने चारों ओर के दृश्य का अवलोकन करने लगे। नवाज की निगाह सहसा मिस कज्जन के उलटे लटके हुए चित्र की ओर गई। वह चिल्लाया, "अरे, यह किसने मिस कज्जन का चित्र उलटा लटका रखा है?" वह उठा और उसने चित्र को सीधा करके टांग दिया फिर वह परेशान-सा होकर बोला, "बड़े आश्चर्य की बात है कि यहां हर रोज सैकड़ों आदमी आते हैं और किसी का ध्यान इस बात की ओर..."

"लो पियो।"

तीन बड़े पेग आ गए थे। डिमेलो, नवाज और सरमुखसिंह ने जल्दी से गिलास उठा लिए।

सरमुखसंह के होंठों और आंखों के बीच शायद कोई मार्ग था, इधर उसके होंठों से शराब लगी नहीं और उधर उसकी आंखों में छलकी नहीं। दूसरे ही घंट में उसकी आंखें शराबी हो गई। बड़े मजे में बोला, "यह शराबखाना है प्यारे! यहां थोड़ी देर में हर चीज उलटी दिखाई देने लगती है। तुम मिस कज्जन के चित्र को रो रहे हो, यहां अपने मित्र भी उलटे दिखाई देने लगते हैं।"

ऊपर के किसी कमरे से किसी लड़की के हंसने की आवाज आई। सरमुखसिंह एकदम गम्भीर हो गया और धीरे से कहने लगा, "वह साली अपनी जानियां के साथ चला गया। हम किसके साथ जाएं?"

सरमुख के लहजे में घुटन, दुःख और निराशा के तीव्र भाव भरे हुए थे। उसने जल्दी से गिलास खाली कर दिया और बैरे को दूसरा पेग लाने के लिए कहा।

"इतनी जल्दी न चलो," नवाज ने बड़े स्नेहपूर्ण लहजे में कहा।

"बहुत अच्छा मेरे बाप!" सरमुख ने हाथ जोड़ते हुए और दाढ़ी हिलाते हुए कहा।

इतने में एक दुबला-पतला, लम्बा आदमी हाथ में छाता लिए धीरे-धीरे चलता हुआ उस मेज के निकट आया। उसके साथ-साथ वही बैरा आ रहा था।

"यह हुजूर की मेज है," बैरे ने कहा।

सरमुखसिह और नवाज खड़े हो गए। डिमेलो भी खड़ा होना चाहता था कि इतने में आगन्तुक ने बड़े मीठे और धीमे स्वर में कहा..."नहीं, आप अपना गिलास पूरा पी लीजिए। तब तक मैं यहां कोने में खड़ा रहता हूं।"

नवाज ने उस व्यक्ति को सिर से पांव तक देखा। सिर पर गोल टोपी, गहरे रंग का बन्द गले का कोट, उसकी सफेद पतलून जिसके पांयचे टखनों के ऊपर थे, जूते काले और मैले, चेहरे पर मूछें भी काली और मैली-सी, जिसके कोने गिरे हुए थे। आंखें भी बहुत मैली और काली थीं जिनमें स्थिरता नाचती हुई दिखाई पड़ती थी और वे कभी किसी एक जगह न ठहरतीं। वह बार-बार अपने खुश्क होंठों पर अपनी जीभ फेर रहा था। उसका माथा तंग और घुटा हुआ था और उस पर गहरी चिंता के कारण बल पड़ गए थे। नवाज को वह

आदमी बीमार लगा। उसने खाली कुर्सी को संकेत करके कहा :

"आप खड़े क्यों हैं? यहां बैठ जाइए न। हमारे साथी ने दूसरा पेग मंगवा लिया है। अगर कोई हर्ज न हो तो हम भी—और वह भी अगर आप इजाजत दें तो—हम भी दूसरा पेग मंगवा लें। आप क्या पिएंगे?"

"कोई हर्ज नहीं," उस आदमी ने टोपी उतारकर मेज पर रखी, छाते को कोने में टिकाया और स्वयं कुर्सी पर बैठकर कहने लगा :

"मेरे बैरे को मालूम है, मैं क्या पीता हूं। दो कुत्तों वाली रम।"

दो कुत्तों वाली रम बार में सबसे घटिया मानी जाती थी। बैरे ने उसकी बोतल सामने लाकर रखी और नवागन्तुक ने पहला पेग पी लिया। फिर उसने दूसरा पेग पिया। फिर वह तीसरा पीना चाहता था कि नवाज ने कहा :

"तो इस हिसाब से तो आप रम की शायद तीन बोतलें पी जाएंगे।" तीसरा पेग पीकर आगन्तुक ने कहा, "नहीं, मैं तो बस एक बोतल रोज पीता हूं। हां, किसी-किसी दिन जब मन पर बोझ ज्यादा होता है, तो डेढ़ पी लेता हूं। और कभी-कभी दो भी पी लेता हूं।"

चौथा पेग उड़ेलते हुए आगन्तुक की निगाह दीवार पर पड़ गई। वह उसी क्षण क्रोध में भरकर खड़ा हो गया और चिल्लाकर बोला, "यह चित्र किसने उलटा लटकाया है?"

सरमूख ने चकित होकर कहा, "उलटा नहीं, सीधा लटकाया है। मैंने सीधा किया है। पहले यह उलटा लटक रहा था।"

आगन्तुक अपनी कुर्सी को ढकेलकर दीवार के निकट गया और उसने मिस कज्जन के सीधे चित्र को फिर उलटा करके लटका दिया, और कहने लगा, "यूं नहीं, यूं सीधा है।"

इस पर सरमुख को बहुत क्रोध आया। उसने उठकर मिस कज्जन के चित्र को फिर सीधा लटका दिया। आगन्तुक फिर उसे उलटा करने जा रहा था कि सरमुखसिंह ने गरज कर कहा :

"यदि चित्र को उलटा किया तो जान से मार दूंगा!"

आगन्तुक कांपने लगा।

डिमेलो ने सरमुख से कहा, "तुम खामखा क्यों झगड़ता है? यह टेबल इसका है, यह छाता इसका है, यह टोपी इसका है, यह सामने का दीवार इसका है, यह इस पर मिस कज्जन का फोटो रक्खेगा, अपने बाप का रक्खेगा, उलटा रक्खेगा, सीधा रक्खेगा। अम को क्या है? तम सरमुख सिंह, क्यों झगड़ा करता है?"

"नहीं, हम औरत का अपमान नहीं सहन करेगा। हम इस चित्र को सीधा रक्खेगा।' सरमुखसिंह ने मेज पर घूंसा मारकर कहा :

"हम उलटा रक्खेगा।" आगन्तुक ने बहुत नर्मी से कहा।

"हम सीधा रक्खेगा!"

"हम उलटा...!" आगन्तुक ने अपना वाक्य पूरा नहीं किया। उसने जल्दी-जल्दी से अपने गिलास में दो पेग एक-दूसरे के बाद उंड़ेले और पी गया। फिर वह मेज पर आगे झुककर बोला :

"सुनो, हम तुम्हें एक बात बताते हैं। इसके बाद तुम अपने-आप निर्णय कर लेना कि इस चित्र को यहां उलटा लटकाना चाहिए या सीधा।"

उसने जाम को अपने हाथ से घुमाया। उसकी आंखें स्वप्नमय हो गई। धुन्ध चारों ओर गहरी हो गई।

"आज से आठ वर्ष पहले की बात है," आगन्तुक ने अपनी कहानी शुरू करते हुए कहा, "मैं शोलापुर की छगनभाई की मिल में फोरमैन था। वेतन ठीक था, मालिक भी ठीक थे। मैं किसी हड़ताल-वड़ताल के झगड़े में नहीं पड़ता था, इसलिए बड़े मजे से कट रही थी। न किसी का लेना, न किसी का देना, बस अपने काम से काम। दुनिया जाए चूल्हे में, अपने को क्या?"

"मेरा एक छोटा-सा घर था जिसे मेरी प्यारी-प्यारी धर्मपत्नी सदा दुल्हन की भांति सजाए रखती थी। मेरी पत्नी बहुत अच्छी थी, बहुत रूपवती, बहुत गुणवती, सुघड़ और समझदार। जब देखो साफ-सुथरे कपड़े पहने एक गुड़िया-सी दिखाई देती थी। हमारा घर बहुत छोटा था, वह एक कमरा था जिसके एक

कोने में नल था, किन्तु मेरी पत्नी ने उस कमरे को इस तरह सजा रखा था कि यदि तुम देखते तो चकित रह जाते। कभी-कभी जब मगनलाल हमारे यहां आता..."

"मगनलाल कौन था ?" नवाज ने पूछा।

"मेरा मित्र है। मण्डी में दलाल है।"

"तुम्हारी-उसकी मित्रता कैसे हुई ?"

"एक बार मुझे अपनी धर्मपत्नी की बीमारी के सिलसिले में चार सौ रुपए की आवश्यकता पड़ गई थी। उस समय मुझे मगनलाल द्वारा हुण्डी पर रुपया मिला था। तब से हमारी जान-पहचान शुरू हुई थी। बाद में यह जान-पहचान मित्रता में बदल गई। किन्तु यह बहुत बाद की बात है। जिस समय की बात मैं सुना रहा हूं, उन दिनों तो साधारण जान-पहचान ही थी। फिर मगनलाल कभी-कभी हमारे घर आया करता था। वह जब भी आता, मेरी पत्नी के सुघड़ापे को देखकर चकित रह जाता। कहता, इस घर की सजावट को देखकर ऐसा लगता है जैसे तुम दोनों का आज ही विवाह हुआ हो। और सचमुच मैं और मेरी पत्नी एक-दूसरे से ऐसा ही प्रेम करते थे जैसे हमारे विवाह को कुछ घंटों से अधिक का समय नहीं हुआ।"

इतना कहकर वह महाशय चुप हो गए और कुछ सोचने लगे। कुछ क्षणों के बाद उन्होंने बोतल में से रम गिलास में उंड़ेली, और गिलास को अपने दोनों हाथों में घुमाने लगे। फिर वह गिलास को अपने माथे के सामने लाया। उसके माथे के बल और गहरे हो गए।

"फिर क्या हुआ ?"

"ठहरो," वह बोला, "वे मेरे जीवन के सबसे बढ़िया दिन थे। उन दिनों की याद में मैं हर रोज एक जाम पीता हूं। आज तुम भी पियो।"

उसने अपना गिलास बढ़ाया, उसके तीनों साथियों ने उसके गिलास से अपने गिलास टकराए और पी गए। उस महाशय ने अपने होंठों पर जीभ फेरकर कहा, "उसके बाद—आज से पांच वर्ष पहले—तुम्हें याद होगा कि बम्बई, पूना और अहमदाबाद में कितनी जोर से प्लेग फैली थी..."

"हां, हां, याद है," डिमेलो ने उदास होकर कहा, "मेरा बड़ा भाई उसी प्लेग में मरा था।"

"उसी प्लेग का जिक्र है। यह प्लेग शोलापुर में भी फैली। शहर खाली होने लगा। हमारे वाला कारखाना बन्द हो गया। सड़कों पर व गली-कूचों में लाशें पड़ी दिखाई देने लगीं। मेरी पत्नी मारे डर के घर के बाहर न निकलती थी, किन्तु मुझे तो सौदा लेने और इधर-उधर का काम करने के लिए घर से बाहर जाना पड़ता था। हां, अपनी प्यारी पत्नी का घर से निकलना मैंने बन्द कर दिया था; क्योंकि यह छूत की बीमारी होती है, और कौन जाने क्या हो जाए। और मुझे मेरी पत्नी बहुत प्रिय थी।

"एक दिन मुझे रात के समय हल्का-सा बुखार हुआ। कन्धे में दर्द होने लगा। फिर गिल्टी निकल आई। मैं बुखार में फेंकने लगा। मेरी पत्नी मेरी ओर फटी-फटी आंखों से देखने लगी। मैंने उसे तसल्ली देते हुए कहा :

"घबराने की कोई बात नहीं है। दौड़कर किसी डाक्टर को बुला लाओ।'

"किन्तु श्रीमती जी मेरी ओर उसी तरह फटी-फटी आंखों से देखती रही।

"मैंने तनिक क्रोध से कहा, 'क्या देख रही हो? जल्दी से नुक्कड़ वाले डाक्टर कामथ को बुला लाओ। न आए तो नकद फीस साथ लेती जाओ।'

"मेरी पत्नी ने अपना ट्रंक खोला, जिसमें वह नकदी रखती थी। देर तक वह सन्दूक में उथल-पुथल करती रही। मुझे यह देरी बहुत बुरी लगी। मैंने कहा, 'क्या कर रही हो? यहां प्राण संकट में हैं और तुम सन्दुक खोले बैठी हो।'

" 'क्या करूं? बाहर जाना है तो इन्हीं कपड़ों में कैसे जा सकती हूं?"

"मेरी पत्नी ने कपड़े बदले। थोड़ी देर तक और सन्दूक को उथल-पुथल किया और फिर जल्दी से बाहर निकल गई। जाते-जाते उससे मैंने कहा, 'बहुत जल्दी से डाक्टर को लेकर आओ।'

"आधा घण्टा बीत गया, किन्तु मेरी पत्नी डाक्टर को लेकर न आई। उन दिनों डाक्टर भी बड़े संकटों में फंसे हुए थे। कहां-कहां जाते? किसकिस को संभालते? न जाने डाक्टर कामथ इस समय कहां होगा? मैंने अपने-आप से पूछा।

"एक घण्टा और बीत गया। मैं बेहोश होने लगा। फिर मुझे पता नहीं क्या हुआ। मैं बेहोश हो गया। जब होश में आया तो देखा कि कमरे में बल्ब जल रहा है और मेरी आंखों के सामने दो चेहरे धुंधले-से दिखाई दे रहे हैं। मैंने बहुत कमजोर आवाज में कहा, 'मनोरमा, पानी दो।'

"डाक्टर ने मुझे पानी पिलाया।

"मगनलाल ने डाक्टर के कान में कुछ कहा। किन्तु मैंने नहीं सुना कि उसने क्या कहा, क्योंकि उस समय मेरे कान में भयंकर शोर हो रहा था, बहुत-से चूहे हंस रहे थे, लम्बे-लम्वे दांतों वाले राक्षस अट्टहास कर रहे थे। आग की लपटें अपनी लम्बी-लम्बी जीभ निकाले मेरे शरीर को चाट रही थीं। एक चीत्कार के साथ मैं बेहोश हो गया।

"मुझे पता नहीं, मैं कितने दिन बेहोश रहा। आखिर जीवन की विजय हुई। मृत्यु की विजय होती तो भी मुझे वैसे दुःख न होता। और भी तो मरीज थे जो प्लेग से मर गए थे और रोज मर रहे थे। मैं भी मर जाता तो क्या बुरा होता! खैर, मैं बच गया। मगनलाल की दिन-रात की सेवा-सुश्रूषा, अनथक परिश्रम और उसके स्नेह की प्रबल शक्ति ने मेरा जीवन बचा लिया। जिस तरह उसने अपने प्राणों की परवाह न करते हुए मेरे लिए दिन-रात एक कर दिए, उस तरह शायद कोई मां भी अपने बेटे के लिए न कर सके। मैं चकित हूं। संसार में ऐसी भी आत्माएं हैं—मनुष्य नहीं देवता। मगनलाल ने सात-आठ दिन तक पलक न झपकाई..."

"और तुम्हारी पत्नी?" डिमेलो ने पूछा।

"वह तो पहले ही दिन भाग गई थी—सन्दूक में से रुपया और जेवर लेकर।"

"वह तो डाक्टर को बुलाने गई थी न?"

"हां, किन्तु वह फिर वापस न आई।"

वह ध्यानपूर्वक अपने गिलास को देखने लगा।

थोड़ी देर सन्नाटा रहा। उस सन्नाटे में दूसरी मेजों पर बैठे हुए लोगों की आवाजें बहुत विलक्षण और किसी दूसरी दुनिया से आती हुई मालूम हो रही थीं। डिमेलो को ऐसा लग रहा था जैसे ये आवाजें इस दुनिया की नहीं हैं। वे कहीं शोलापुर में बैठे हैं, एक छोटा-सा कमरा है, एक स्त्री चोरदृष्टि से अपने बीमार पति को ताकती हुई अपनी साड़ी में जेवर अटकाती हुई भाग रही है, अपनी आपबीती सुनाने वाला प्लेग से कराह रहा है, बाहर एक चिता जल रही है, दिल के अन्दर भी एक चिता जल रही है, रम पानी नहीं है, अलकोहल है—यह आग बुझाती नहीं, लगाती है। उस व्यक्ति ने अपना पेग खाली करके कहा :

"फिर प्लेग दब गई। मैंने शोलापुर छोड़ दिया और यहां बम्बई में आकर कोहेनूर मिल में नौकरी कर ली। मेरे साथ मेरा मित्र मगनलाल भी आ गया। हम दोनों साथ रहने लगे। और यह एक बिल्कुल सीधी-सी बात थी कि वह मेरे साथ रहे, क्योंकि संसार में मेरे सिवाय उसका और कोई नहीं था। और फिर उसने मेरे प्राण बचाए थे, तो क्या मैं उसका इतना-सा उपकार भी न मानता?

"अब वह परेल में मेरे घर में रहता है। मेरा घर उसी शोलापुर वाले घर की तरह हैं। अब वह फिर उसी तरह सज गया है, बन-संवर गया है। मेरे घर में फिर एक पत्नी है, रूपवती, गुणवती, सुघड़, पहली पत्नी से भी अच्छी। जब मैं उसे शादी करके लाया था, तो सारी बिल्डिंग चौकन्नी हो गई थी—जैसे किसीकी आंखें आश्चर्य से फटी की फटी रह जाएं। ऐसी सुन्दर थी मेरी पत्नी। मगनलाल को भी मेरी पत्नी बहुत पसन्द आई। फिर धीरे-धीरे मेरी पत्नी को भी मगनलाल पसन्द आने लगा। धीरे-धीरे मैं उन दोनों की आंखों को परखने लगा। धीरे-धीरे मैं उन दोनों के हृदय टटोलने लगा। धीरे-धीरे मैं उन दोनों की अंगुलियों की थरथराहट से परिचित होता गया। जब उनकी आंखें मिलती, या जब वे मेरे पीछे कभी चोरी से मिलते और मैं सहसा आ निकलता, तो उन दोनों को ऐसा मालूम होता...वे सन्नाटे में चुप-से रह जाते—तुम जानते हो न, प्रेम जब निस्तब्ध होता है तो कितना स्पष्ट होता है, इसकी चुप्पी में कितनी

प्रबल अभिव्यक्ति होती है! मुझे ऐसा लगने लगा जैसे मैं अपने ही घर में अजनबी हूं। उनकी व्याकुल आंखें, उड़ती-उड़ती, रुकती-रुकती भावनाएं—तुम जानते हो न? और तुम नहीं जानते तो मैं तो जानता हूं; क्योंकि जिस आदमी ने प्रेम को एक बार देखा है वह उसे सदा पहचान सकता है।"

उसने कांपते हुए हाथों से एक पेग और उंडेला।

"धीरे-धीरे मैं कमरे के बाहर बाल्कनी में सोने लगा और वे दोनों कमरे के अन्दर सोने लगे। धीरे-धीरे मुझे मालूम हुआ कि जब मैं मिल से लौटकर अपने कमरे में आता हूं तो सारी बिल्डिंग चौकन्नी होकर मुझे देखने लगती है—जैसे मैं एक साधारण मनुष्य नहीं, वरन् कोई विलक्षणसा पशु हूं। जब मैं घर से बाहर निकला हूं, तब भी इसी तरह, एक विलक्षण-सी भावना के साथ लोग मुझे घूरते हैं। कभी-कभी जब रात की शिफ्टें होती हैं और मिल में काम अधिक होता है और मिल के मालिक मुझे बुला लेते हैं, तो मैं बिल्डिंग की सीढ़ियों पर लोगों को खुसर-पुसर करते देखता हूं। मैं उनकी बातें सुन नहीं पाता, किन्तु अच्छी तरह समझ सकता हूं कि वे क्या कह रहे हैं। वे भी समझ रहे हैं कि जा रहा है कम्बख्त, अपनी बीवी का भड़वा जा रहा है, कमजोर, निकम्मा, भीरु, कायर, नामर्द जा रहा है, आज रात के शिफ्ट में जा रहा और आज रात इसकी पत्नी और इसके मित्र के ठाट हैं। और फिर कोई सीढ़ियों के ऊपर से हंस देता है और मैं जल्दी-जल्दी सीढ़ियां उतरकर बिल्डिग से बाहर निकल जाता हूं और फिर काम समाप्त होने पर यहां आता हूं—सीधा इस शराबखाने में आता हूं। यह मेज मेरे लिए सदा रिजर्व रहती है, यह मेज, यह दो कुत्तों वाली रम की बोतल। पांच बरस से मैं यहां आ रहा हूं—बराबर रोज आ रहा हूं। मैं अभी तक यह निश्चय नहीं कर सका कि किसका गला घोंटू—अपनी पत्नी का, जिसे मैं प्यार करता हूं, या अपने मित्र का, जिसने मेरे प्राण बचाए थे? अपनी पत्नी का या अपने मित्र का? अपने मित्र का या अपनी पत्नी का?"

उसकी आवाज ऊंची होती गई। उसके मुंह से झाग निकलने लगे। उसने इतने जोर से गिलास को अपनी हथेलियों से दबाया कि गिलास हाथों में ही

चकनाचूर हो गया और उसके हाथों से खून बहने लगा।

खून उसके हाथों से बह-बहकर संगमरमर की मेज पर गिर रहा था। संगमरमर के टुकड़े में एक लम्बी-सी दरज थी। खून उस दरज में घुसकर लोप होता जा रहा था। वह आदमी इस तरह उस बहते हुए खून को देख रहा था जैसे उसका यह खून न हो, किसी दूसरे का खून हो। थोड़ी देर के बाद वह उठा और नल से हाथ धोकर और रूमाल बांधकर वापस आ गया। वापस आकर उसने टोपी सिर पर रक्खी, छतरी उठाई, दीवार पर लटके हुए मिस कज्जन के चित्र को उलटा कर दिया, फिर उसने उन तीनों को झुककर सलाम किया और शराबखाने से बाहर निकल गया।

करीमखां

बांदरे और कारलायल रोड के नुक्कड़ पर फतह मुहम्मद सिगरेट फरोश की दूकान से फजल ने जहाज मार्का बीड़ी का एक बण्डल खरीदा और बीड़ी सुलगाकर उसके दो कश जोर से लेकर अपने अड्डे को वापस जाने लगा तो फतह मुहम्मद ने उसे रोककर कहा :

"देख, वह करीमखां आ रहा है, तुझे उससे मिलाता हूं। मजे का पठान है। ऐसा पठान तूने जिन्दगी में नहीं देखा होगा।"

फजल ने जोर का कश लेकर आने वाले की तरफ ध्यान से देखा, फिर बोला: "हां, आजकल इसे हर रोज इधर घूमते हुए देखता हूं। क्या करता है यह?"

"ड्राई फ्रूट का थोक धन्धा करता है।" फतह मुहम्मद ने फजल को बताया, "खाने-पीने वाला खुले दिल का पठान है। अपना बहुत यार हो गया है। अब तो खत-पत्तर भी मेरे पते पर मंगाता है, हर रोज मेरे पास आता है।"

फतह मुहम्मद की आवाज में अभिमान का एक हल्का-सा पुट था। फजल कुछ कहने वाला ही था कि इतने में करीमखां बिल्कुल पास आ गया। छः फुट का ऊंचा कड़ियल पठान। रंग चमकते हुए तांबे की तरह। मूंछें घनी और कड़ी। शलवार, कमीज और जैकेट बिलकुल साफ-सुथरी, धुली-धुलाई, कहीं पर धब्बे का निशान तक न था। करीमखां लम्बे-लम्बे

डग भरता हुआ, 'अस्सलाम अलेकुम' कहता हुआ आगे बढ़ा आया और दूकान के सामने सड़क के किनारे बिछे हुए लकड़ी के बेंच पर बैठ गया, जहां से नुक्कड़ का नजारा साफ दिखाई देता था। फिर उसने एक रेशमी रूमाल निकालकर अपना मुंह पोंछा और लुंगी, कुल्लह उतार के फतह मुहम्मद के हवाले किया, जिसने उसे दूकान पर सिगरेट के डिब्बों की एक कतार के ऊपर रख दिया।

करीमखां अपना मुंह पोंछकर बोला :

"बड़ी गर्मी है।"

"यह फजल है।" फतह मुहम्मद ने परिचय कराते हुए कहा, "यह सेठ मौलादीना के बंगले का चौकीदार है।"

करीमखां ने बड़े प्रेम से फजल से हाथ मिलाया। अभी वह अपने नये मित्र से कुछ कहने वाला ही था कि फतह मुहम्मद ने एक खत आगे बढ़ाकर करीमखां से कहा, "तुम्हारी चिट्ठी आई है।"

करीमखां ने पोस्टकार्ड अपने हाथ में लिया, जल्दी से उसपर निगाह डाली और फिर व्याकुलता के साथ उसे अपने सिर से ऊपर उछालकर फेंक दिया। खत हवा में उड़ता हुआ उसके पीछे जा गिरा।

फजल ने पत्र उठाते हुए कहा, "क्या बात है?"

"घरवाली का खत है।" करीमखां ने लापरवाही से कहा।

"घरवाली का खत नहीं पढ़ोगे?" फजल ने आश्चर्य से पूछा।

"पढ़कर क्या करूं? हर दूसरे-तीसरे रोज खत लिखती है। और हर खत में पैसा मांगती है।" करीमखां ने गुस्से से कहा।

"सब घरवालियां पैसा मांगती हैं।" फजल ने एक ऐसे आदमी के लहजे में कहा, जिसने कई बार आत्महत्या का इरादा करके उसका परित्याग कर दिया हो। उसकी एक बीवी थी और छः लड़कियां थीं। उसकी आंखों के नीचे कई काले घेरे थे। ऐसे मनुष्य की आंखें थीं, जिसने सब कुछ मंजूर कर लिया हो।

"पैसा तो मैं भेजता हूं, लाले। मगर हर रोज नहीं भेज सकता। तीसरे-चौथे महीने दो-तीन हजार की रकम भेज देता हूं, क्या यह कम है?"

"कम नहीं, यह तो बहुत है।" फजल ने पत्र वापस करीमखां को देते हुए कहा।

करीमखां ने खत लेकर उसे फिर हवा में फेंकते हुए कहा, "आजिज कर दिया है उस औरत ने। इससे तो मेरी दूसरी बीबी ही अच्छी थी।"

पत्र लहराता हुआ फुटपाथ से नीचे सड़क पर गिर गया। फजल फिर उसे उठाने के लिए लपका, तो फतह मुहम्मद ने पूछा :

"तुम्हारी दूसरी बीवी को क्या हुआ?"

"उसे दिक हो गया।" करीमखां गुस्से से बोला। "और उसे दिक इसलिए हुआ, क्योंकि मेरी पहली बीवी उसे मारती थी।"

"तुम्हारी पहली बीवी तुम्हारी दूसरी बीवी को मारती थी तो तुमने उसे क्यों नहीं रोका?" फजल ने खत उठाते हुए पूछा।

"कैसे रोक सकता था?" करीमखां बिफरकर बोला।

"वह मुझसे उम्र में नौ साल बड़ी थी, मैं सात साल का था और वह सोलह साल की थी। जब 'चारसदे' में बाप ने आनुम से मेरी शादी कर दी और शादी के बाद आनुम मुझे मारने लगी, क्योंकि मैं सात साल का था और वह सोलह साल की थी—मगर पठान का बच्चा सब कुछ सह सकता है, किसी की धौंस नहीं सह सकता। इसलिए जब मैं बड़ा हुआ तो मैंने फौरन दूसरी शादी कर ली—फरखन्दा से। अब आनुम मुझे छोड़कर फरखन्दा को पीटने लगी। फरखन्दा को तपेदिक हो गया। तो मैंने 'चारसदा' छोड़ दिया और अपनी दूसरी बीवी को लेकर सूरत आ गया। ड्राई फ्रूट का धन्धा करने लगा। मगर सूरत आकर भी मेरी बीवी की बीमारी ठीक न हुई। उसे हर रोज तप रहने लगा और रातों को वह जोर-जोर से खांसने लगती थी। वह दिन-ब-दिन पीली, निढाल और बदसूरत होती गई। बिलकुल हड्डियों का ढांचा और मुझे उससे खौफ आने लगा।

और मैं रातों को उसके साथ एक कमरे में रहने से डरने लगा। अल्लाह पाक की कसम, वह बिलकुल चुड़ैल दिखाई देती थी, चुड़ैल। और एक चुड़ैल से एक मर्द का बच्चा कैसे मुहब्बत कर सकता है? हालांकि जब मैंने उसे पहली बार चारसदे में देखा था, तो वह बड़ी खूबसूरत थी। और सर पर पानी का घड़ा रखे अपनी पतली कमर लचकाती हुई जा रही थी, और मैं फौरन उसपर रीझ गया था। फौरन मैंने पैगाम देकर उससे शादी कर ली थी। मगर अब मैं क्या करता? मुझे तो उससे डर लगता था। कलाम पाक की कसम!"

"तो तुमने उसका इलाज नहीं किया?" फतह मुहम्मद ने पूछा।

"बहुत किया...बहुत किया, अपनी बिसात से ज्यादा किया। बड़े-बड़े डाक्टरों, हकीमों, बैदों का इलाज किया। मगर किसी से कोई फायदा न हुआ और वह दिन-ब-दिन एक बदशक्ल भूतनी की तरह दिखाई देने लगी। आखिर मुझको किसीने बताया कि सूरत से साठ मील दूर, जोरागढ़ के गांव में एक कामिल हकीम रहता है, जो अल्लाह के हुक्म से मायूस मरीजों को भी शफा देता है!...जोरागढ़ का गांव सूरत से साठ मील दूर है। वहां पर कोई मोटर नहीं जाती, रेल नहीं जाती। मगर मैं अल्लाह का नाम लेकर पैदल चल पड़ा और चलते-चलते फरखन्दा से कह गया कि अब एक ऐसे हकीम की दवा लाऊंगा जिससे तू बिलकुल ठीक हो जाएगी।...बह सुनकर फरखन्दा बहुत खुश हुई। उसने मेरे सफर के लिए एक मुर्ग मुसल्लम तैयार किया, कबाब और पराठे भी, क्योंकि दो दिन का सफर था।

"दो दिन के बाद, शाम के वक्त जब मैं हकीमजी के घर पहुंचा तो वह मगरिब की नमाज से फारिग होकर अपने घर के आंगन में एक चौकी पर बैठे थे। मैंने जाते ही उनके पांव पकड़ लिए और खुदा और रसूल और बड़े पीर का वास्ता देकर उनसे फरखन्दा के इलाज के लिए दवा-दारू देने को कहा। हकीम साहब मान गए और मुझसे फरखन्दा की बीमारी पूछने लगे। पूछताछ के बाद वह देर तक कुछ सोचते रहे। फिर उन्होंने अन्दर से कागज और कलम

मंगाया और नुस्खा लिखने लगे।

"जब वह नुस्खा लिख रहे थे तो मैं उनके घर के आंगन में इधर-उधर देख रहा था। इतने में एक लड़की आई और दीवार से लगी लौकी की बेल से लौकियां तोड़ने लगी। वह मुझे अच्छी लगी, गोरी-गोरी बांहों वाली, छरहरी छमक-सी लड़की मुझे लौकियां तोड़ते हुए बहुत अच्छी लगी। मैंने हकीम साहब से पूछा, 'यह लड़की कौन है?' तो वह बोले, 'यह मेरी लड़की है।'

"तो मैं बोला, 'हकीम साहब! नुस्खा मत लिखिए इस लड़की से मेरा निकाह कर दीजिए। आपको खुदा, रसूल और बड़े पीर का वास्ता। मैं अपनी दूसरी बीवी से बहुत तंग आ चुका हूं। उसकी शकल से मुझे डर लगता है।'

"हकीम साहब पहले तो बहुत घबराए, फिर जब उन्होंने मेरा अता-पता हस्ब-निस्ब, खानदान, आमदनी सब दरियाफ्त करके अच्छी तरह से इत्मीनान कर लिया तो मेरा निकाह अपनी लड़की से कर दिया। निकाह के बाद मैं पांच दिन जोरागढ़ के गांव में रहा फिर वापस सूरत आ गया।

"घर आने पर फरखन्दा ने मुझसे पूछा, 'मेरे लिए दवा लाए?"

"मैंने कहा, 'दवा तो नहीं लाया हूं, अलबत्ता शादी करके आया हूं।'

"इसपर वह गरीब बहुत रोई-पीटी, मगर आखिर को उसने सब्र कर लिया और बोली, 'तुमने अच्छा किया जो निकाह कर लिया। मैं अब तुम्हारे किसी लायक नहीं रही। और अब तो मैं चन्द दिनों की मेहमान हूं। आज मर जाऊं, कल मर जाऊं। जिन्दगी का क्या भरोसा, तुमने अच्छा किया जो निकाह कर लिया। मगर उसको साथ क्यों नहीं लाए?'

"मैंने गरजकर कहा, 'तुम्हारे जीते-जी मैं उसको इस घर में लाऊंगा, ऐसा कमीना मैं नहीं हूं। जब तक फरखन्दा इस घर में रहती है, कोई दूसरी औरत यहां नहीं आ सकती।'

"ओ लाले, कहने को तो मैंने कह दिया और उस वक्त फरखन्दा का सुखा, सांवला, काबिले-रहम चेहरा देखकर ही कहने को मेरा जी चाहा था

और उस वक्त जब मैंने ये अल्फाज कहे—कुरान पाक की कसम, मेरे दिल में उस वक्त कोई बेईमानी न थी। मैं यही चाहता था कि मैं मजीन को यानी अपनी तीसरी बीवी को उस वक्त तक अपने घर में न लाऊंगा, जब, तक बेचारी फरखन्दा जिन्दा है।

"मगर हुआ यह कि इस वाकये के बाद एक माह गुजर गया, दूसरा माह गुजर गया, मगर फरखन्दा नहीं मरी। ओ लाले, वह तो इस वाकिये के बाद दो साल जिन्दा रही। इधर मैं समझता था कि वह दो-तीन महीने में खत्म हो जाएगी और उसकी हालत भी ऐसी ही थी। सब हकीम लोग ऐसा ही बोलते थे और खुद उसने भी मुझसे यही कहा था। पर जब दिन पर दिन गुजरते गए और वह नहीं मरी तो उधर हकीम साहब के घर से खत पर खत आने लगे। हकीम साहब के भी और मजीन के भी कि जोरागढ़ आ के अपनी बीवी को ले जाओ। खुदा की कसम, मैं सख्त शर्मिन्दा हुआ। मेरी समझ में नहीं आता था, मैं क्या करूं? इधर फरवन्दा को जबान दे चुका था, उधर मजीन के तकाजे पर तकाजे चले आ रहे थे। लाचार मैंने हर महीने मजीन को दो सौ रुपये भेजना शुरू कर दिया, ताकि उसका मुंह बन्द कर सकूं।"

"दो सौ रुपया हर महीने भेजते थे?" फजल चौकीदार ने आश्चर्य से पूछा।

"हां लाले, दो सौ क्या तीन सौ भी भेज सकता था। ड्राई फ्रूट का धन्धा तो बहुत अच्छा है। और यहां बम्बई में तो सूरत से भी अच्छा है। खुदा के फजल व करम से।" करीमखां ने इकरार किया।

"फिर क्या हुआ?" फतह मुहम्मद ने पूछा।

"पूरे पन्द्रह महीने मजीन को दो सौ रुपया भेजता रहा। फिर दो महीने बीच में नहीं भेज सका। मगर मजीन के मंह को तो चाट लगी थी। उसने एक महीना इन्तजार किया, दूसरे महीने जोरागढ़ छोड़कर सूरत मेरे घर आ धमकी। अब वह खुद आ गई तो मैं क्या करता? कैसे उसे घर नहीं रखता। और अभी

फरखन्दा मरी नहीं थी। कसम पाक परवरदिगार की, मैं बहुत शर्मिन्दा हुआ। मगर फरखन्दा ने मुझे ढाढ़स दी, मुझे बहुत समझाया-बुझाया। बोली, "मजीन तेरी बीवी है, उसे अपने पास रखो, मैं तुम दोनों के रहने के लिए इस घर में एक अलग कमरा ठीक किए देती हूं। मेरे साथ रहना अब तेरा किसी तरह मुनासिब नहीं है। मेरा क्या है—चन्द लमहों की मेहमान हूं, आज मर जाऊं कि कल मर जाऊं।'

"और इस वाकये के पूरे पांच माह बाद वह बेचारी चल बसी। जिन्दा रहने को शायद अभी वह और जिन्दा रहती, मगर कम्बख्त उस मजीन ने उनका दूध बन्द कर दिया था, अण्डा और फल सब कुछ; फिर वह कैसे जिन्दा रहती? सारे घर पर उसने कब्जा जमा लिया था। घर के खर्च के अलावा वह मुझसे हर महीना दो सौ रुपया अलग लेती रही। बोली, 'वह तो मेरा पाकेटमनी है, मैके से चला आ रहा है। यह तो मैं हर माह लूंगी।' और मैं यह सोचकर देता रहा कि फरखन्दा मरेगी तो मैं मजीन का जेबखर्च बन्द कर दूंगा। मगर फरखन्दा के मरने के बाद भी मजीन बराबर मुझसे पाकेट मनी वसूल करती रही। पाक परवर दिगार की कसम बड़ी लालची और जलील औरत है। और उस वक्त लौकियां तोड़ते वक्त तो मुझे बहुत अच्छी मालूम हुई थी। अब मुझे क्या मालूम था कि शादी के बाद ऐसी निकलेगी!—अपनी किस्मत भी क्या है फतह मुहम्मद! तीन बार शादी की मगर तीनों बार शादी का सुख नहीं मिला। वरना करीमखां के पास क्या नहीं है? घर है, रोजगार है, दौलत है। इस दुनिया में जो जिसको चाहिए वह सब है, मगर खिदमत करनेवाली बीवी नहीं है। अब तो मैं उसको छोड़के सूरत से बम्बई चला आया हूं। और खुदा के फजल से मेरा कारोबार यहां सूरत से भी अच्छा है। मगर घर का सुख नहीं है, सब कुछ बेफायदा है, लाले।"

फजल जो इस किस्से के दौरान करीमखां के पत्र को सड़क से उठाकर, अपने हाथों में लेकर उसे अपनी उंगलियों में नचा रहा था अब आगे बढ़ा और उसने उसी खत को फिर करीमखां को पेश करते हुए कहा, "यह लो, संभालो

अपना खत।"

करीमखां ने फिर बड़ी बेजारी से खत को हवा में उछाल दिया और बोला, "लानत भेजो इस खत पर यार! पैसा, पैसा, पैसा!! पैसे के सिवाय उस औरत को कुछ सूझता ही नहीं। बन्दा पैसा भी खर्च करे, फिर भी उसे खुशी न मिले, तो ऐसी औरत के साथ रहने को जी नहीं चाहता...हटाओ!"

खत हवा में उछलकर एक लड़की की ओढ़नी में अटक गया जो बड़ी तेजी से सड़क पर से गुजर रही थी। उसके एक हाथ में मिट्टी के तेल की बोतल थी, दूसरे हाथ में सब्जी-तरकारी से भरा हुआ थैला था। लड़की खत के अटक जाने से ठिठक गई। फिर उसने चौंककर करीमखां और फजल की तरफ देखा और शर्म से उसका चेहरा लाल हो गया। उसने जल्दी से गर्दन टेढ़ी करके और कंधे उचकाकर खत को ओढ़नी से गिरा दिया। फिर जंगली हिरनी की तरह चौकड़ियां भरती हुई वहां से भाग गई।

खत जमीन पर पड़ा था। करीमखां ने बेंच से उठकर खत को जमीन से उठा लिया। मगर उसने खत पढ़ा नहीं। कुछ क्षणों तक गायब होती हुई लड़की की तरफ देखता रहा और जब वह नुक्कड़ पर गायब हो गई तो वह मुड़कर फतह मुसम्मद से पूछने लगा, "लाले! यह किसकी लड़की है? मैं इसको हर रोज इधर से गुजरते हुए देखता हूं।"

फजल ने सिर झुकाए धीरे से कहा, "यह मेरी लड़की है।"

करीमखां ने फौरन उसके घुटनों को पकड़कर कहा, "पाक परवरदिगार की कसम, बस ऐसी ही लड़की मैं अपने लिए चाहता था। बिलकुल यही...फतह मुहम्मद लाले! अगर तुझको मेरी जिन्दगी अजीज है। तो अपने दोस्त को बोल दे कि अपनी लड़की का निकाह मुझसे कर दे... क्या नाम है उसका?"

अनुमान

मैं उस दिन कार्नीलिया होटल में बैठा हुआ, चाय की प्याली अपने सामने रखे हुए सोच रहा था कि लड़कियां रुपये को इस तरह चाट जाती हैं जैसे दीमक लकड़ी को। जेब में केवल चार आने थे। पांच महीनों में बीस रुपये कमाए थे, परन्तु आज केवल चार आने शेष थे। होटल के बाहर मौसम अत्यन्त सुहावना था, रिमझिम वर्षा हो रही थी। एंग्लो-इण्डियन और पारसी लड़कियों की टांगें बाहर इधर-उधर जाती हुई दिखाई पड़ रही थीं। मैंने देखा, कुछ टांगें कुंवारी थीं, कुछ ब्याही थीं। कुछ नवविवाहित थीं, कुछ पुरानी, और कुछ तलाक ले चुकी थीं। कुछ नये पतियों की तलाश में थीं, कुछ टांगें गर्भवती थीं और कुछ जन्म से ही बांझपन का बीमा कराके आई थीं। शोकातुर टांगें, निराशा और दुःख से दबी हुई टांगें, हर्षोत्फुल्ल टांगें, भारी, भद्दी टांगें, सुडौल, सुबकचुस्त टांगें, सेब की शाखा की भांति गदराई हुई भारी, बोझिल, बेढब टांगे, वे टांगें जिनपर किसी निर्दय पति ने सात बच्चों का बोझ लाद दिया था। मनुष्य-जीवन में मुखाकृति की व्याख्या की अपेक्षा टांगों की व्याख्या अधिक ठीक है। लोग दूसरों के मुख का अध्ययन करते हैं, मैं टांगों का। दो सांवली-सलोनी टांगें चौबीस इंच मोहरी की पतलूनों के साथ आईं और होटल के बरामदे में से होकर मेरे सामने वाली मेज के निकट कुर्सी पर सुशोभित हो गईं। पतलून बार-

बार सलोनी टांगों से टकरा जाती थी। मैंने दृष्टि उठाकर देखा। एक जामुन और एक अमरूद साथ बैठे चाय पी रहे थे और एक-दूसरे की ओर देखकर मुस्करा रहे। थे। जिसका रंग सांवला था और होठों पर कासनी रंग की लिपस्टिक पुती हुई थी और जिसके बाल काले थे, वह जामुन थी और दूसरा अमरूद।

अमरूद ने कहा, "मुझे तुम्हारा नया लिपस्टिक बहुत पसन्द आया।"

जामुन ने मुस्कराकर अपने बालों पर हाथ फेरा। मेज के नीचे टांगें हिलीं।

अमरूद ने कहा, "कल मुझे वेतन मिलेगा। हम बसीन चलेंगे—पिकनिक पर।"

जामुन नेत्र झुकाकर चाय की प्याली में देखने लगी। बसीन की पिकनिक कितनी आकर्पक होती है ! छोटे-छोटे सुन्दर होटलों के बरामदों में बेंत के मूढ़े और सामने ताजी ताड़ी। नेत्रों में विलासिता की पेगें। मीलों तक फैले हुए जंगलों में घूमना-फिरना। बसीन के प्राचीन दुर्ग का शानदार दृश्य। कमर में हाथ डाले धीरे-धीरे विलायती नृत्य। और शाम को वापस आते हुए स्टेशन पर गोआनी और ईसाई नवयुवतियों का धीरे-धीरे टहलना। स्टेशन की मद्धिम बत्तियों का धीमा-धीमा प्रकाश। लो, वह गाड़ी आ गई...।

चाय की प्याली समाप्त हो गई। जामुन ने कहा, "हां, अवश्य। (घड़ी की ओर देखकर) मुझको मैनेजर साहब का ड्राफ्ट समाप्त करना है। अच्छा, तो अब मैं चलती हूं।"

जामुन उठकर चलने लगी, साथ ही अमरूद भी। सहसा मेरी दृष्टि एक नवयुवक पर पड़ी, जो उसी मेज-कुर्सी की ओर आ रहा था, जहां से जामुन और अमरूद चाय पीकर उठ चुके थे।

अत्यन्त भोला-भाला मुख, कोई बीस-बाईस वर्ष का नवयुवक होगा। रंगत ऐसी कि छूने से मैली। आंखों में एक निथरी-निथरी चमक, जैसे तट

पर पानी से धोए हुए पत्थर के छोटे-छोटे सुन्दर चमकीले टुकड़े। चाल में एक विशेष प्रकार का गर्व। वस्त्र अत्यंत साधारण और अस्तव्यस्त, मानो उसका व्यक्तित्व कह रहा हो, 'हम चाहें तो इससे सौ गुना सुन्दर वस्त्र पहन लें, परन्तु हम ऐसा नहीं करते, क्योंकि यह मानमर्यादा के विरुद्ध है।' यह नवयुवक मेरी दृष्टि में जंच गया। मैं मनोविज्ञान का विशेषज्ञ होने का दावा नहीं करता, परन्तु मैं भावनाओं की अध्ययन अवश्य कर सकता हूं। मेरे रुधिर में शायद कहीं मनुष्य की छठी ज्ञानेन्द्रिय अवश्य छिपी हुई है, जो मेरी बुद्धि को मनुष्य-जीवन के छिपे हुए भेदों तक ले जाती है। जैसे अंधकार में कोई दियासलाई जला दे, उसी प्रकार यह छठी ज्ञानेन्द्रिय हर बात को प्रकाशित कर देती है। फिर यहां तो अंधेरा था ही नहीं, यहां तो प्रकाश था। मैं पहली ही दृष्टि में आदमी भांप लेता हूं। बहुधा अत्यन्त सुन्दर वस्तुएं मेरे मन पर खराब प्रभाव छोड़ जाती हैं और भौंडी से भौंडी वस्तुएं अपने सद्गुणों के कारण मेरी इस ज्ञानेन्द्रिय से रगड़ खाकर मेरे मस्तिष्क में चमक उठती हैं—हीरे-जवाहरात की भांति। और यह मेरी छठी ज्ञानेन्द्रिय कभी धोखा नहीं देती। प्रत्येक व्यक्ति अपने व्यक्तित्व से एक विशेष प्रकार की लहरें सी प्रसारित करता रहता है। ये लहरें या तो इतनी आकर्षक होती हैं कि हर आदमी उस व्यक्ति में लौ देखता हुआ भी उसकी ओर खिंचता हुआ चला आता है, या फिर ये लहरें इतनी घृणाजनक होती हैं कि उस व्यक्ति की अत्यन्त लुभावनी मुस्कान के होते हुए भी लोग उससे घृणा करने लगते हैं। और यह सब कुछ उसी पहले क्षण में हो जाता है जबकि एक व्यक्तित्व दूसरे व्यक्तित्व से टकराता है।

कुछ भी हो, मेरे सामने इस समय वह सुन्दर नवयुवक था। ऐसा लगता था मानो नगर में वह नया-नया आया हो। जो लोग बम्बई के नहीं होते वे बम्बई में स्पष्ट रूप से पहचाने जा सकते हैं। फिर सबसे पहली बात तो यह है कि बम्बई में किसी व्यक्ति का मुख इतना भोला-भाला और निरीह नहीं होता। यहां जीवन का भोलापन दस वर्ष की आयु तक समाप्त हो जाता

है। यहां के स्कूल के बच्चों को देखिए—वे इतने बूढ़े, चतुर और होशियार दिखाई देते हैं कि भगवान् ही उनसे बचाए। घुड़दौड़ में जुआ ये खेलते हैं, सट्टा ये लगाते हैं, ब्लैकमार्केट के सौदे ये करते हैं, सिनेमा ये देखते हैं, बेबी बानो से बूढ़ी बेला तक हर फिल्म-अभिनेत्री की वंश-परम्परा से ये परिचित हैं। ये बालक नहीं हैं, ये बूढ़े बालक एक दुष्ट संस्कृति, एक अन्धे पैशाचिक समाज, एक पागल जीवन-प्रणाली के शिकार हैं, यदि किसी को यह देखना हो कि पंजीवादी समाज मनुष्य को क्या बना देता है, तो उसे बम्बई के बच्चे देखने चाहिए।

परन्तु यह नवयुवक तो बम्बई का न था। न ही यह बच्चा था। बच्चा न होते हुए भी यह अपने मुख पर और अपने सारे व्यक्तित्व में शिशुओं का-सा भोलापन लिए हुए था। यह आकर उसी मेज पर बैठा जिस पर कुछ क्षण पहले अमरूद और जामुन बैठे हुए थे। फिर उसने मुस्कराकर बैरे को चाय की प्याली और क्रीम-रोल लाने के लिए कहा। चाय पीते हए वह अपने-आप मुस्करा रहा था—किसी की ओर देखकर नहीं, अपने अन्दर ही अन्दर; मानो अपने-आप ही मुस्कराना, सुन्दर दिखाई देना, भोलेपन से जीवन व्यतीत करना उसके जीवन का स्वाभाविक कार्य था। उसने अपने कोमल हाथों से बड़ी सफाई के साथ एक क्रीम-रोल उठाया। कितना भोला-सा हाथ था वह! देवताओं की-सी पवित्रता लिए हुए। उसके व्यक्तित्व की हर अदा में एक अद्भुत-सा आकर्षण था। मैं चकित और मोहित हो गया।

चाय के दो घूंट पी लेने के पश्चात् बड़े आराम से उसने अपनी जेब से एक लिफाफा निकाला और उसमें से पत्र निकालकर पढ़ने लगा। पढ़ते पढ़ते वह फिर मुस्कराया और उसके मुखमंडल पर एक पवित्र ज्योति मानो बिखर गई। उसकी निगाहें लचक उठीं, गल्ले लाल हो गए, होंठ हल्की-सी मुस्कान के साथ कांप उठे, जैसे किसी फूल की पत्ती ओस की बूंदों के बोझ से कांप जाए। मैं सोचने लगा कि बम्बई में यह पवित्रता की मूर्ति कहां से आ गई।

उस पत्र में क्या था जिसे पढ़कर वह इस प्रकार प्रसन्न हो रहा था, जैसे सारे संसार में फूल ही फूल बिखर जाएं। मैंने सोचा, यह शायद इसकी प्रिया का पत्न होगा-'प्राण प्यारे! मैं इस छोटे-से गांव में, इस छोटी-सी नदी के किनारे तुम्हारी प्रतीक्षा कर रही हूं। बम्बई में अधिक दिनों तक मत ठहरना। सुना है, वहां फिल्मी परियां होती हैं, जो आदमियों का कलेजा निकालकर खा जाती हैं और फिर वह आदमी कभी घर लौटकर नहीं आ सकता। मेरे प्राण! मैं तुम्हें यह छोटी-सी तस्वीर भेज रही हूं। इसे गले में लटका लेना। फिर कोई फिल्मी परी तुम्हारा कलेजा न निकाल सकेगी और अविलम्ब मेरे पास आ जाओ। मैंने तुम्हारे सम्बन्ध में गुलाब के फूल के कान में कहा है, और अब मैं इस फूल को अपने जूड़े में लगा रही हूं। इसी तरह मुझे भी तुम अपने चरणों में लिटा लो। तुम्हारी—स्नेहलता।' हर प्रेमी-प्रेमिका का पत्र ऐसा ही होता है। प्रेम के बिना संसार में जीवित रहना कठित है। अब इसमें कोई कितना ही नमक-मिर्च मिला ले—यह अपनी-अपनी पसन्द की बात है। उस युवक ने एक बार फिर उस पत्र को पढ़ा और फिर वह मुस्करा दिया। फिर वह उसे तह करने लगा। मैंने सोचा, यह स्नेहलता का पत्र नहीं हो सकता—क्योंकि वह युवक इतना भोला-भाला था कि यदि वह पत्र स्नेहलता का होता तो वह निश्चय ही उसे वहीं सबके सामने अपनी आंखों और अपने कलेजे से लगाता और चूम लेता। परन्तु यह चुपचाप उसको तह कर रहा था। मैंने कहा, यह पत्र स्नेहलता का नहीं हो सकता। यह इसकी नौकरी लगने का पत्र है। बाईस वर्ष के युवक की पहली नौकरी का नियुक्तिपत्र—'हमें तुम्हारी दस जुलाई की चिट्ठी मिली। काफी विचार के बाद हम तुम्हें अपनी फर्म में कारेस्पाण्डेंस क्लर्क के पद पर नियुक्त करते हैं। वेतन पचास रुपए, अलाउंस दस रुपए, साथ में बारह दिन की छुट्टी। फर्म के दफ्तर में पन्द्रह तारीख को उपस्थित हो जाओ।—हस्ताक्षर मैनेजर फर्म'

मेरे मन ने कहा, हो न हो यह इसकी प्रियतमा का पत्र नहीं, वरन इसकी नियुक्ति का पत्र है। युवक कितना प्रसन्नचित्त दिखलाई पड़ रहा था! होता

भी क्यों न? बेकारी के युग में यदि किसी को नौकरी मिल जाए तो इसका अर्थ यह हुआ कि उसे राशन मिल गया, वर्ष-भर में कपड़ों के दो जोड़े मिल गए, रहने के लिए आठ फुट लम्बा, आठ फुट चौड़ा कमरा मिल गया, बिजली का एक बल्ब और पानी का नल मिल गया। उसके पश्चात् जीवन कितना सपाट हो जाता है, उसमें कोई अल-बल नहीं रहता। सवेरे सात बजे उठकर साढ़े नौ बजे तक नित्यकर्मों से निबटकर तैयार हो जाओ और खाना खाकर दफ्तर चले जाओ। वहां से शाम को छः बजे छूटकर सिनेमा में घुस जाओ। रात को दस बजे आकर सो जाओ और अगले दिन सवेरे वही क्रम। नवयुवक निस्सन्देह अपनी नौकरी का समाचार पाकर ही इतना प्रसन्न था। मैंने अपने दिल में कहा, 'तुम्हारी नौकरी तुम्हें मुबारक हो युवक। परन्तु मुझे दुःख इस बात का है कि नौकरी में तुम्हारा यह भोलापन शीघ्र नष्ट हो जाएगा।'

युवक ने कागज को तह करके लिफाफे में रख दिया और लिफाफे को चाय की प्याली के पास रख दिया। प्याली उसके होंठों तक आई और फिर वापस मेज पर चली गई। वह अपने विचारों में डूबा हुआ था। वह सोच रहा था—शायद स्नेहलता और नौकरी दोनों के सम्बन्ध में सोच रहा था वह—या सम्भव है, यह उसकी माता का पत्र हो। बेटा, पहली बार नौकरी प्राप्त करके बम्बई जा रहा था। घर की, कुटुम्ब की, बिरादरी की, उस गांव के लोगों की सारी आशाएं उस युवक से सम्बद्ध थीं। वे अपने निराशापूर्ण और नीरस जीवन को एक प्रफुल्लित वाटिका के रूप में परिवर्तित होता हुआ देख रहे थे। 'बेटा।' मां ने शायद लिखा होगा, 'बम्बई बहुत बड़ा नगर है। सुना है, वहां सड़कों पर छोटी-छोटी गाड़ियां चलती हैं। उनसे जरा बचकर रहना। बेटा, शाम को सूरज छिपने से पहले अपने चाचा के घर आ जाया करना। शाम के बाद बाहर न घूमना। बम्बई बहुत खतरनाक शहर है। बेटा, काम जी लगाकर करना ताकि मालिक तुमसे सन्तुष्ट और प्रसन्न रहे। बहिन तुझे बहुत याद करती है। मंगल के दिन वह अपने हाथ

से मिठाई बनाकर तुझे पार्सल से भेजेगी। पार्सल की रसीद अवश्य भेजना। तुम्हारी—माता'

हां, यह अवश्य उसकी माता का ही पत्र था, जिसे पढ़कर वह सोच में डूब गया था। बीते समय की कष्टप्रद याद और आने वाले सुनहले युग का स्फूर्तिदायक स्वप्न और नए जीवन की उमंग, उसका चेहरा यह सब कुछ कह रहा था। इसी सोच-विचार के साथ उसने धीरे-धीरे अपनी चाय की प्याली समाप्त की और बिल देकर वहां से चला गया।

थोड़ी देर बाद मैं भी वहां से उठा। उसकी मेज खाली थी। ऐसा लगता था मानो अभी तक उसके सुन्दर और पवित्र व्यक्तित्व की ज्योति वहां छिटक रही थी। अरे, यह क्या? मैंने देखा कि वह युवक जल्दी में अपना लिफाफा वहीं छोड़ गया। अभी वह बहुत दूर नहीं गया होगा। मैंने झटपट उस लिफाफे को उठा लिया ताकि दौड़कर उसे दे दूं। होटल के द्वार तक मैं द्रुतगति से आया। परन्तु फिर यह सोचकर मैंने अपनी चाल धीमी कर दी कि लाओ, इस पत्र को पढ़ लें। यद्यपि दूसरे का पत्र पढ़ना बहुत बुरी बात है, परन्तु मेरा जी न माना। मैंने सोचा, पढ़ ही लें, इसमें है ही क्या? और मैंने किसी अज्ञात प्रेरणा से वह लिफाफा खोल लिया। लिफाफे के अन्दर सफेद कागज पर गोंद से चिपका हुआ किसी समाचारपत्र का एक टुकड़ा था। उस टुकड़े पर निम्न समाचार छपा हुआ था :

एक भयानक हत्या!

कल रात रोड़ी गांव के एक जमींदार भूराकर की किसी व्यक्ति ने हत्या कर दी। मृत शरीर पर छुरे के निशान थे। जमींदार की कोई सन्तान न थी। वह अपने भतीजे शंकर के साथ रहता था। शंकर उसी रात से भाग गया है। तिजोरी से बीस हजार के नोट लापता हैं। संभावना यही है कि यह हत्या शंकर ने की है। उसका हुलिया है—शरीर इकहरा, रंग गोरा, चेहरा गोल, आंखें बड़ी-बड़ी, होंठों पर हर समय मुस्कराहट खेलती रहती है।

कब्र

वह कालिज में नया-नया प्रविष्ट हुआ था। पहले शायद मोगा कालिज में शिक्षा प्राप्त करता था। फिर जब उसका बड़ा भाई लाहौर के एक बैंक में नौकर हो गया तो वह भी लाहौर चला आया। वह बहुत शर्मीला था। छरहरे बदन का सुन्दर नौजवान, चौड़ा माथा, खिलता हुआ रंग, मुस्कराते हुए होंठ, वे होंठ जो शर्मीली मुस्कराहट के बावजूद हर समय किसी अज्ञात भाव के वशीभूत हो थरथराते रहते थे। क्लास में वह प्रायः पिछले बेंचों पर बैठता और सदैव एक कोने में। किसी ने उसे क्लास में शरारत करते कभी नहीं देखा। न वह लड़कियों पर चाक के टुकड़े फेंकता और न ही कभी कागज के हवाई जहाज। और तो और, उसने कभी प्रोफेसर महोदय के लेक्चर के दौरान एक पैसा तक श्रद्धांजलि के तौर पर प्रोफेसर की मेज पर न फेंका था।

और फिर एक दिन मुझे मालूम हुआ कि वह कवि भी है।

कालिज होस्टल में हमारे कमरे साथ-साथ थे, इसलिए हम बहुत शीघ्र ही एक दूसरे से घुल-मिल गए। उसने मुझे बताया कि वह लायलपुर का रहने वाला है। उसके गांव का नाम मामूकंजन है। वे सात भाई हैं—एक मुनीम, एक वकील, एक स्कूल मास्टर, एक आढ़ती, एक बजाज, एक अफीम का सरकारी ठेकेदार और सातवां और सबसे छोटा वह स्वयं एक

विद्यार्थी था। छः भाई तो ब्याहे जा चुके थे और उनकी पत्नियां यद्यपि कुरूप थीं। परन्तु 'दहेज' के सम्बन्ध में बहुत 'सुन्दर' सिद्ध हुई थीं। और अब उसकी बारी थी, बी० ए० पास करने के बाद। शायद इसी बात ने उसे कवि बना दिया था।

शरद् ऋतु की चांदनी रातों में जब बादलों के हल्के-हल्के टुकड़े परीजादों की तरह आकाश में उड़ रहे होते और हल्की, कोमल और श्वेत चांदनी का प्रतिबिम्ब होस्टल के कंगूरों को किसी परियों के महल के मीनारों की तरह, अनुभूतिपूर्ण और सुन्दर बना देता, हम दोनों होस्टल की छत पर किसी बुर्ज में जा बैठते। मैं उससे पूछता :

"सच कहना, क्या तुमने कानन से अधिक सुन्दर और लज्जाशील लड़की नहीं देखी है? विशेषकर जिस दिन वह श्वेत साड़ी और पाजेबें पहनकर क्लास में आती है, तो कैसी प्यारी मालूम होती है? धर्म से कहना, उस समय क्या तुम्हारा दिल यह नहीं चाहता कि एक छोटा-सा चाक का टुकड़ा इस प्रकार फेंका जाए कि उसके कानों के निकट उसकी श्वेत साड़ी के धारिए से छूता हुआ, उसे चूमता हुआ निकल जाए और एक चमेली के फूल की तरह उसके पैरों में जा गिरे...धर्म से। क्लास रूम में बैठे-बैठे श्रद्धांजलि भेंट करने का इससे अच्छा सांधन और क्या हो सकता है, क्यों कन्हैयालाल...और प्रिंसिपल और प्रोफेसरों की मूर्खता तो देखो कि हमें इस प्रकार की बातों पर भी जुर्माना करने में नहीं चूकते और 'बदमाश' और 'लफंगा' के खिताब अलग दिए जाते हैं। जी चाहता है..."

कन्हैयालाल कोई शे'र गुनगुनाने लगा और फिर उसने धीमे, मध्यम स्वर में अपनी प्रेम-कहानी कह डाली। वह शर्मीला, पहला प्रेम जो एक नवजात कली की तरह पत्तों में छिपा रहा। उसके धीमे, मध्यम स्वर में वह मिठास घुली हुई थी जो उस पहाड़ी गीत में होती है, जिसे जंगल की हवाओं ने किसी बालक चरवाहे के कोमल होंठों से पहली बार सुना हो। उसकी आंखों में ऐसी लज्जा और ठहराव था जो प्रेमी की पहली नजरों में होता है। अपनी

प्रेम-कहानी आरम्भ करने से पूर्व उसने एक बार पूरब की ओर देखा। उसकी आंखों की पुतलियां तारों की तरह चमक रही थीं।

"हमारे घर में पानी भरने का काम एक विधवा ब्राह्मणी करती है। उसकी एक लड़की है...रुकमन।" कन्हैयालाल ने रुक-रुककर कहा, "रुकमन को तुमने नहीं देखा इसलिए दिन-रात कानन की प्रशंसा किया करते हो। रुकमन का एक चाचा है, जिसने रुकमन के बाप के मरने के बाद उसकी सारी जायदाद पर कब्जा कर लिया है और लड़की और विधवा ब्राह्मणी को उससे वंचित कर रखा है। उसने अपने स्वर्गीय भाई के मकान पर भी कब्जा कर लिया है, केवल मां-देटी को दो कोठरियां दे रखी हैं। दोनों बड़ी विपत्ति में दिन काट रही हैं। दो-तीन घरों के बर्तन। मांजती हैं और पानी भरती हैं। हमारे यहां उनका बहुत आना-जाना है। वे बेचारियां जब हमारे घर आकर मेरी कुरूप भाभियों को अपने दुखड़े सुनाती हैं तो उन्हें बहुत दया आती है और प्रायः ऐसा भी होता है कि सुबह या शाम के समय रुकमन की मां रुकमन के चाचा की करतूतों की नई कहानी सुना रही है, मेरे छः बड़े भाई भी उनके गिर्द एकत्रित हो गए हैं और रुकमन के आंसू-भरे नयनों की ओर देख-देखकर सहानुभूति जता रहे हैं। वे सदैव रुकमन को सम्बोधित करते हैं, उसकी मां को नहीं...अर्थात् बात तो कह रही है रुकमन की मां, परन्तु मेरे बड़े भाई, जो सेठ रणछोड़लालजी के यहां मुनीम हैं, रुकमन से कह रहे हैं...

" 'अच्छा रुकमन, तू हमारे लहां चली। हम तुम्हें यहां कोई कष्ट न होने देंगे, है न।'

"और फिर अन्य पांचों भाई सिर हिलाकर कहते हैं, 'हां, हां, हां, भला रुकमन की मां और रुकमन, तुम्हें अपने चाचा के यहां रहने की क्या जरूरत है, हमारे यहां आ जाओ न, रुकमन!'

"मानव सहानुभूति के इस उत्कट प्रदर्शन के समय मेरी भाभियों की सूरतें देखने से सम्बन्ध रखतीं या फिर कभी यों होता कि रुकमन हमारे घर उदास और गमगीन सूरत बनाए आती और...

"पहला भाई—'क्या बात है रुकमन?'

"दूसरा भाई—'रुकमन! क्यों, क्या बात है?'

"तीसरा भाई—'रुकमन! उदास क्यों हो, रुकमन?'

"चौथा भाई—'क्या किसी ने तुझे कुछ कहा है?'

"पांचवें भाई की बारी आने से पूर्व से ही रुकमन फूट-फूटकर रोने लगती और सिसकियों के बीच कहती जाती, 'चाचा ने आज फिर मां को पीट डाला...चाचा ने...चाचा ने हूं...हूं...'

"पांचवें भाई ने गरजकर कहा, 'चाचा ने मारा...? क्यों, उसे क्या अधिकार है तुम्हारी मां को पीटने का? वह कहां से आया साला, हरामजादा, शोहदा! क्यों जी, मैं पूछता हूं उसे तुम्हारी मां को पीटने का क्या अधिकार हैं?'

"और छठे भाई हाथों की मुट्ठियां भींचकर कहते, 'कमलख्त आज रास्ते में कहीं मिला तो उससे पूछ लूंगा कि गरीब विधवा को किस तरह सताया जाता है।'

"छठे भाई के लाल-लाल नेत्र देखकर रुकमन डर जाती और धीमे से कहती, 'न, न भैया, तुम कहीं उन्हें मार न बैठना...फिर तो आफत ही आ जाएगी।'

"और छठे भाई उसी 'आफत' आ जाने के विचार से चुप ही रहते। यों भी हममें से कौन इतना दिलेर था, जो रुकमन के चाचा से जाकर लड़ता। वह तो छंटा हुआ बदमाश और विश्वासघाती था। उससे कौन लड़ाई मोल लेने को तैयार था! मेरे भाइयों का मन केवल इसीलिए बार-बार तूफानी रूप धारण कर लेता था कि रुकमन एक बहुत भोली-भाली, अनजान और अत्यन्त सुन्दर युवती थी। और मेरे भाइयों की पत्नियां बहुत ही चालाक और कुरूप थीं और फिर उन्हें आज तक अपने मध्यवर्ग के सामाजिक जीवन में किसी सुन्दर लड़की से बातें करने और उससे सहानुभूति प्रकट करने का अवसर प्राप्त न हुआ था। जब वे बेचारे दिन-भर के सिरतोड़ परिश्रम के बाद थके-मांदे घर आते तो अपनी मूर्ख, फूहड़ पत्नियों को यों ही छोटी-छोटी बातों पर लड़ते-

झगड़ते देखते। इस बात की मनोवैज्ञानिक प्रतिक्रिया तुम जानते ही हो, एक ही रूप धारण कर सकती है।"

"प्रेम या वासना?" मैंने धीरे से कहा।

"कुछ समझ लो," कन्हैयालाल ने उत्तर दिया, "यह एक ही भाव के दो भिन्न-भिन्न पहलू हैं। मेरे भाइयों को रुकमन से बातें करने में जो मजा आता था उसे प्राप्त करने के लिए और उससे आनन्दित होने के लिए वे भिन्न-भिन्न तरीके इस्तेमाल करते रहते थे। परन्तु यदि इन सब तरीकों को इकट्ठा करके इन्हें भावुक रूप में देखने से संकोच किया जाए और सामूहिक रूप से इन पर नजर डाली जाए तो वे सब तरीके एक क्रम का रूप धारण कर लेते हैं। उदाहरणत: सब भाइयों की यह कोशिश होती थी कि वे अपने वासना-भाव को एक-दूसरे से छिपाए रखें। जहां तक हो सके, रुकमन से उस समय बात की जाए जब अन्य व्यक्तियों से अलग-थलग होकर अपनी बात जताई जाए। यह सिद्ध किया जाए कि वास्तविक सहानुभूति केवल 'उसे' ही हो सकती है और अन्य भाई दिखावे के लिए ही बातें बनाते हैं, इत्यादि...."

"और तुम," मैंने बात काटते हुए कहा, "तुम सातवें भाई थे और शायद बहुत शरीफ..."

कन्हैयालाल शरमा-सा गया। कहने लगा, "मैं तो उसे देखता ही रहता था और बस, यहां तक कि वह नजरों से ओझल हो जाती। उसकी बातें ही सुनता रहता, यहां तक कि वह चुप हो जाती और पांव के अंगूठे से जमीन कुरेदने लगती। मैं तुम्हें क्या बताऊं, मैं उसे कितना चाहता था, चाहता हूं! रुकमन के आते ही मैं परेशान-सा हो जाता। मैं उससे बात करना चाहता था, परन्तु न कर पाता। बस, टकटकी बांधे उसकी ओर देखता रहता। मैं तुम्हें क्या बताऊं, वह कितनी सुन्दर है और जब वह मुस्कराती है तो उसके होंठों की दाईं ओर अत्यन्त सुन्दर धनुष-सा बन जाता है, जिसे देखकर मैं अक्सर पागल-सा हो उठता हूं।"

कन्हैयालाल रुक गया, फिर जरा ठहरकर बोला, "पिछली गर्मियों की छुट्टियों में मैंने कई बार सोचा कि यदि मैं उसे 'रुकमन! मेरी जान रुकमन!' कहकर बुलाऊं तो फिर क्या होगा? कहीं वह मुझे गाली तो न देगी? क्या वह अपनी मां से तो जाकर न कहेगी? अपने भाइयों और अपनी कुरूप भाभियों से तो मुझे कोई भय न था। आखिर मैंने निश्चय कर लिया कि रुकमन से बात करूं। मैंने दिल में सोचा कि इस प्रकार मौन प्रेम करने से तो मर जाना ही उचित है। आखिर होगा क्या, यही न कि वह मेरे प्रेम को ठुकरा देगी। मैं उससे कहूंगा और वह मुझे उत्तर देगी, जिसके उत्तर में मैं उसे यह कहूंगा और वह कहेगी कि मुझे तो डर लगता है। मैं कहूंगा, 'डर कैसा? रुकमन! जब दो हृदय प्रेम करने पर तुल जाएं तो संसार की कोई शक्ति उन्हें रोक नहीं सकती।' और फिर बह एक शर्मीली अदा से अपनी बांहें मेरे गले में डाल देंगी और मैं प्यारभरी नजरों से...

"एकाएक कुछ जरा खटका-सा हुआ। मैं चौंक पड़ा, सामने देखा तो रुकमन खड़ी थी, सिर पर पानी की गागर उठाए हुए। उसके माथे पर बालों की लटें बल खाए भीगी पड़ी थीं और उसकी लम्गी-लम्बी पलकें भी पानी के कतरों के बोझ से झुकी पड़ती थीं। बड़ी मुश्किल से उसने उन्हें ऊपर उठाकर मेरी ओर देखा और फिर कहा, 'काहन, जरा गागर तो उतरवा दो।'

"मैं वहीं खड़ा का खड़ा रह गया। आज कितना अच्छा अवसर था! घर में कोई न था। न भाई, न भाभियां। कुत्ते, बिल्लियां सब गायब थे, बड़ी विचित्र बात थी। मैं एक घबराए हुए बतख के बच्चे की तरह रुकमन की ओर देखने लगा।

" 'मैंने कहा काहन!' वह मुझे काहन कहा करती थी, 'जरा गागर उतरवा दो, खड़े-खड़े क्या देख रहे हो।'

"मैंने गागर उतरवा दी।

"रुकमन दालान के एक सतून का सहारा लेकर खड़ी हो गई। वह हांफ

रही थी। मुख लाल था, बाल बिखरे हुए थे।

" 'क्या कह रहे हो?' उसने यों ही पूछ लिया।

" 'कुछ नहीं...कुछ नहीं।' मैंने एक अपराधी की तरह उत्तर दिया।

"वह हंसी, यों ही एक मनोरम हंसी, जैसे किसी नर्तकी के पांव के घुंघरू एकदम बज उठें।

"फिर वह चुप हो गई और कुछ क्षणों तक पूर्ण चुप्पी छाई रही।

" 'भाभियां कहां हैं?' तब फिर रुकमन ने पूछा और अपने बाल संवारने लगी।

" 'पण्डित झगड़ू राम के यहां कथा है, वहां गई हैं।'

" 'अच्छा।'

"उसने 'अच्छा' कुछ इस प्रकार मध्यम और रहस्यपूर्ण ढंग से कहा कि मुझे अनुभव हुआ जैसे वायु का कोई हल्का-सा झोंका नीम के नुकीले झूमरों में जीवन-संगीत फूंकते हुए निकल गया हो।

फिर थोड़ी देर के बाद उसने अपनी कमर को झटक दिया, अपने कंधों को झटक दिया, अपनी गर्दन को झटक दिया और सब कुछ अचेतन अवस्था में हुआ। उसके बाद वह बोली, 'अच्छा काहन, मैं चलती हूं।'

"वह चली गई।

" 'ऐ ऐ रुकमन!' मेरे मुंह से आप ही आप निकल गया।

"वह ड्योढ़ी से लौट आई।

" 'क्या कहते हो?' उसका मुख बिल्कुल भोला-भाला और हर प्रकार के भावों से कोरा था।

"मेरी आंखें झुक गईं और चेहरा भी लाल हो गया।

" 'कुछ नहीं, कुछ नहीं, रुकमन!' मैंने धीरे से कहा।

"वह कुछ देर तक वहां खड़ी रही, परन्तु मैं उससे नजरें न मिला सका। फिर मैंने देखा कि उसके कदम धीरे से ड्योढ़ी की ओर मुड़ गए है।

"वह जा रही थी।

" अरे मूर्ख, गधे, वह जा रही है।

" मैं ड्योढ़ी की ओर लपका। वह उस तंग और अंधकारमय ड्योढ़ी में से रही थी। मैंने दौड़ते-दौड़ते रुक जाना चाहा, परन्तु मेरे पांव मुझे उसके पास ही ले गए। मैंने उसे बांहों में पकड़ लिया और कांपते हुए स्वर में कहा, 'रुममन, रुकमन, मेरी बात सुनो...' और इससे पूर्व कि वह मेरी बात सुनती, मैंने अपने होंठ उसके होंठों पर रख दिए।

"रुकमन के बदन में सिर से पांव तक एक झुरझुरी-सी आती हुई मालूम हुई। उसने बड़ी मुश्किल से अपने-आप को मुझसे अलग किया और फिर मेरे मुंह पर एक तमाचा मारा और झट से ड्योढ़ी के बाहर निकल गई।

" मैं रुकमन के पीछे दौड़ा। मूर्खों की तरह पीछे दौड़ रहा था और दिल में डर था कि यदि उसने किसी से कह दिया तो...'रुकमन, जरा रुको तो...तुम्हें परमात्मा की सौगन्ध, रुकमन।'

" परन्तु रुकमन रोती रही। वह आंसू पोंछती आगे-आगे भागी जा रही थी और जोर-जोर से कह रही थीं, 'अभी मां से कहूंगी, अभी चचा से कहूंगी, अभी चची से कहूंगी...अभी तुम्हारे बड़े भाइयों से कहूंगी।'

" क्या हुआ रुकमन, तू मेरी बात तो सुन ले, तुझे देवी माता की सौगंध अगर तू किसी से कुछ कहे, तुझे गाय माता की सौगंध।'

"रुकमन ठहर गई और क्रोधित नेत्रों से मेरी ओर देखकर बोली, 'ऐसी सख्त कसमें देते हुए तुम्हें शर्म भी नहीं आती!'

"अब हम दौड़ते-भागते घर से दूर निकल आए थे। यहां छोटे-छोटे टीले थे और एक रेतीला मैदान, जिसमें कहीं-कहीं आक की झाड़ियां उगी हुई थीं। परे एक वृक्षों का झुंड था और उसके पीछे रुकमन के चचा का घर। उस झुंड की ओट में सूरज अस्त हो रहा था और कौए कांय-कांय करते पूरब की ओर उड़े जा रहे थे। सूरज की किरणों में उनके पंख सोने के बने हुए मालूम होते थे। मेरे सम्मुख रुकमन कमर पर हाथ रखे अजीब शान से खड़ी थी। उसके आंचल के तारों से सूरज की किरणें छन छनकर आ रही थीं।

" 'फिर कभी छेड़ोगे?' रुकमन ने कोमल स्वर में पूछा।

" 'नहीं,' मैंने सिर हिला दिया।

" वह एक टीले पर बैठ गई और पांव से रेत कुरेद-कुरेदकर एक मेहराब-सी बनाने लगी। जब मेहराब बन गई तो उसने धीरे से अपना पांव मेहराब के नीचे से निकाल लिया। अव रेत की मेहराब तैयार हो चुकी थी। रुकमन ने विजयी नजरों से मेरी ओर देखा।

" 'यह क्या है?' मैंने मुस्कराकर उससे पूछा।

" 'यह तुम्हारी कब्र है।' रुकमन ने चंचलतापूर्वक कहा और फिर कहकहा लगाकर हंस पड़ी। चंचल लड़की चीख-चीखकर हंस रही थी।

" 'लाओ, जरा देखें तो,' मैंने उसे परे धकेलकर कहा और फिर लात मारकर रेत की मेहराब को ढा दिया।

" 'उफ...' उसकी हंसी तुरन्त बन्द हो गई, 'यह तुमने क्या कर दिया! लगाऊं एक तमाचा और...'

"मैंने सिर झुकाकर कहा, 'जरूर, अब एक नहीं एक सौ तमाचे लगाओ, अगर उफ कर जाऊं तो कहना।'

वह घर जाने के लिए धीरे से मुड़ी और डूबते हुए सूरज की लालिमा एकाएक उसके मुख पर पड़ी। उसकी आंखों में एक विचित्र प्रकार की चमक थी। जाते-जाते उसने मध्यम स्वर में कहा, 'हम घर जाकर कहेंगे कि काहन बड़ा बदमाश है।' " इतना कहकर कन्हैयालाल रुक गया।

"फिर?" मैंने बेसब्री से पूछा।

"फिर..." कन्हैयालाल ने धीरे से कहा, "...फिर गर्मी की छुट्टियां समाप्त हो गईं और मैं यहां चला आया।"

हम दोनों देर तक मौन रहे। हवा के हल्के-हल्के झोंके आ रहे थे और परे पीपल के वृक्ष की एक टहनी में चांद एक टूटे हुए कंगन की तरह अटक गया था। नीचे सड़क पर एक पूर्विया गाड़ीवान 'पीतम क्यों भयो उदास, पीतम क्यों उदास' गाते हुए और बैलगाड़ी चलाते हुए गुजर रहा था।

बहुत देर के बाद मैंने कन्हैयालाल से पूछा, "और रुकमन?"

कन्हैयालाल मुस्कराकर बोला, "मेरे भाई अपनी गलतियों का खमियाजा मुझे भुगतने पर विवश नहीं कर सकते। उन्होंने रुपया चाहा, उन्हें रुपया मिल गया। अब वे अपनी कुरूप पत्नियां देख-देखकर कुढते हैं और चाहते हैं कि मेरी शादी भी किसी मोटी, सांवली उजड्ड गंवारिन से कर दी जाए। परन्तु मैं रुपया नहीं, प्रसन्नता चाहता हूं और प्रसन्नता का नाम रुकमन है, और यह बात रुकमन भी अच्छी तरह जानती है।"

"यह बात है!" मैंने सिर हिलाकर कहा।

"हां।"

बात समाप्त हो गई और हम दोनों बुर्ज पर से उठ बैठे, परन्तु नीचे सड़क से गुजरने वाले गाड़ीवान के लिए अभी बात समाप्त न हुई थी। वह अभी तक गाता चला जा रहा था, 'पीतम क्यों भयो उदास, पीतम क्यों भयो उदास...'

मेरे लिए कालिज का जीवन बहुत शीघ्र समाप्त हो गया। बहुत वर्षों के बाद मुझे एक दिन फिर कन्हैयालाल मिला। मैं लाहौर से सैर के लिए आया था। क्रिसमस के दिन और अनारकली में बड़ी चहल-पहल थी। यों ही घूमते-घूमते कन्हैयालाल से भेंट हो गई।

"अरे!"

मैंने उसे बहुत मुश्किल से पहचाना। उसका खिलता हुआ रंग अब धुएं की तरह मैला हो गया था। आंखें भीतर की ओर धंसी हुई, होंठ सूखे और चेहरे पर छाइयां। शरीर सूखे हुए बांस का-सा हो गया था। उसने मुझे बताया कि वह एम० ए० अंग्रेजी में प्रथम रहा था और अब लाहौर के किसी कालिज में प्रोफेसर था।

"मगर तुम्हें हुआ क्या?" मैंने हैरान होकर पूछा।

मेरा प्रश्न सुनकर वह धीमे परन्तु अत्यन्त कटु स्वर में बोला, "मैं समझता हूं कि हिन्दुस्तान के आधुनिक सामाजिक जीवन में स्त्री का आदर-सहित प्राप्त

करना असम्भव है। यहां विवाह होते हैं, परन्तु प्रेम नहीं होता। हमारे मां-बाप हमें सब कुछ क्षमा कर सकते हैं। हमारे सब अवगुण छिपा सकते हैं—कत्ल, चोरी, डाका, परन्तु वे कभी यह सहन नहीं कर सकते कि उनकी इच्छा के विरुद्ध उनका बेटा किसी लड़की से प्रेम करने का साहस करे। परिणाम! परिणाम स्पष्ट है! रुकमन ब्राह्मण थी। उसे पचास वर्ष का बूढ़ा, परन्तु धनवान् ब्राह्मण ब्याह कर ले गया। मैं बनिया था, मेरे पल्ले एक चिड़चिड़ी, घिघिया-घिघियाकर बातें करने वाली बनियाइन बांध दी गई। बूढ़ा ब्राह्मण कुछ मास हुए राम-राम करता इस संसार से चल बसा और अब सुन्दर बालिका—रुकमन विधवा है। मां भी विधवा और बेटी भी विधवा। वह अब मैले वस्त्र पहनती है और सिर झुकाकर चलती है, जैसे अपने वृद्ध पति की मृत्यु का कारण वही हो।"

मैंने बात का रुख पलटना चाहा। मैंने धीरे से कहा, "सुनाओ, तुम्हारे बाल-बच्चे तो होंगे...राजी-खुशी हैं?"

जैसे उसने मेरी बात का गलत अर्थ ले लिया हो। वह शिकायत-भरी नजरों से मेरी ओर देखते हुए बोला, "बच्चे पैदा करने का यह अर्थ कैसे हो सकता है कि मुझे अपनी पत्नी से प्रेम है। विवाह एक सौदा है। अन्य वस्तुओं की तरह लड़के-लड़कियां भी रुपये के ढेरों के बदले बेचे जाते हैं और यह ढंग आधुनिक सामाजिक जीवन के अनुसार है, और बच्चे...." वह एक कटु हंसी हंसकर बोला, "बच्चे तो एक सफल विवाह का आवश्यक अंग है और परमात्मा का धन्यवाद है कि भारत में निन्यानबे प्रतिशत विवाह इस रूप से सफल होते हैं। तुम्हें मेरे बच्चों का हाल सुनकर आश्चर्य होगा, मैं छः बच्चों का बाप हूं। रेंगते हुए बच्चे, बिसूरते हुए बच्चे, चीखते-चिल्लाते हुए बच्चे..." क्रोधपूर्ण नजरों से मेरी ओर देखकर वह फिर बोला, "इसमें मेरा क्या दोष है? पच्चीस-छब्बीस वर्ष सक वासनाओं को दबाने के बाद यदि भारतीय युवक के जीवन में एक स्त्री आ जाए तो वह क्यों न चूम-घूमकर उसका हुलिया बिगाड़ दे!

परन्तु शर्त यह है कि वह स्त्री हो—कोई-सी स्त्री, कानी स्त्री, गंजी स्त्री, एक स्त्री, चाहे जिसकी शक्ल तुम्हारे कोठे के परनाले से अधिक सुन्दर न हो, परन्तु वह स्त्री अवश्य हो।"

उसका श्वास फूल गया और वह खांसने लगा, "कोई बात नहीं, अब थोड़े दिन रह गए हैं। अब रात को मुझे बुखार भी हो जाता है। कभी-कभी खांसी के साथ खून के कतरे भी आ जाते हैं। अब शीघ्र ही इस कैद से छूट जाऊंगा। परन्तु मुझे अपनी चिंता नहीं। मुझे चिता है तो केवल यह कि मैं दिन-प्रतिदिन जितना दुबला हो रहा हूं, मेरी पत्नी उतनी ही मोटी होती जा रही है।"

मैं हंसा, 'भाई कन्हैयालाल, मालूम होता है तुम्हारा मानसिक संतुलन बिगड़ गया है। जरा किसी पहाड़ पर चले जाओ। जो होना था, हो चुका। प्रसन्न रहा करो। देखो तो, यहां कितनी चहल-पहल है! ये सुन्दर साड़ियां, लोगों के कहकहे, रोमांस और प्रसन्नता।"

"रोमांस और प्रसन्नता!" कन्हैयालाल ने झुंझलाकर कहा, उसकी आंखें ज्योतिहीन-सी हो गईं और वह पहले से भी कुरूप नजर आने लगा, "तुम इन लोगों की प्रसन्नता का गलत अनुमान लगा रहे हो। ये लोग पैदा होने से पहले ही मर चुके हैं, इनका गला इनके माता-पिता ने स्वयं अपने हाथों घोट दिया है। यहां न रोमांस है, न प्रसन्नता। ये तो चलती-फिरती लाशें हैं, लाशें।"

क्षण-भर के लिए वह रुक गया, फिर मेरी ओर विचित्र नजरों से देखकर बोला, "तुम जानते हो, जहां रोमांस और प्रसन्नता नहीं होती वहां क्या होता है...वहां होता है...धर्म-धर्म और केवल धर्म। अब रुकमन मुझसे बात तक नहीं करती। वह दिन-रात माला जपती है और अपने-आप को और मुझे दोनों को पापी समझती है, हा, हा, हा!"

कन्हैयालाल की हंसी से एकाएक मेरे शरीर के रोंगटे खड़े हो गए। मेरे सारे शरीर में एक झुरझुरी-सी आई और मेरे शरीर के रोम-रोम को कांपता

हुआ छोड़ गई। जाने क्यों, परन्तु यह सच है कि कन्हैयालाल के पिचके हुए गालों को देखकर मुझे रेत की वह कब्र स्मरण हो आई जो एक शाम सूर्यास्त के समय मामू कांजन के एक रेतीले मैदान में एक पंजाबी युवती ने उसके लिए तैयार की थी।

शादां

सारे इकाके में ऐसी वारदात न पहले कभी हुई थी, न सुनी गई थी। जो सुनता था कानों पर हाथ धरता था। रप्पा गांव की एक विधवा स्त्री शादां ने पुलिस के एक सिपाही को गोली से मार डाला था। कहते हैं कि पुलिस का सिपाही गांव में किसी दूसरी तहकीकात के सम्बन्ध में आया था और रात को रहने के लिए उसने शादां के घर में डेरे डाल दिए थे। उसने सोचा था कि रात भी अच्छी कटेगी और दूसरे दिन तहकीकात भी हो जाएगी। नम्बरदार ने थाने के सिपाही को बहुत मना किया था, क्योंकि वह शादां के स्वभाव से अच्छी तरह से परिचित था तथा एक बार स्वयं भी शादां से पिट चुका था। मगर थाने का सिपाही भी एक अकड़खां था; किसी तरह से न माना। 'ऐसी-ऐसी बहुतसी औरतें रजबअली ने देखी हैं। मैं उनको सीधा करने की कला जानता हूं।' सिपाही ने बड़े गर्व के साथ नम्बरदार से कहा।

शादां लांसनायक स्वर्गीय निसारमुहम्मद की विधवा थी। दो वर्ष पहले उसका पति महायुद्ध में मारा गया था। उसे अंग्रेजी खजाने से बारह रुपये की मासिक पेंशन मिलती थी। यह पेंशन हर महीना अंग्रेजी डाकखाने से होती हुई रियासती डाकखाने में आती थी। और शादां हर महीने की पांच तारीख को काराट के डाकखाने से पेंशन वसूल करने जाती थी। बारह रुपये पेंशन के अतिरिक्त उसके पास अपने स्वर्गीय पति की जमीन भी थी। और

निसारमुहम्मद का कोई रिश्तेदार आगे-पीछे उस जमीन का हिस्सा बंटाने के लिए मौजूद न था। इसलिए शादां अपने इलाके की ऐसी विधवा थी जिससे विवाह करने के विचार से ही बहुत-से समझदार लोगों के मुंह में पानी आ जाता था। क्योंकि शादां सुन्दर भी बहुत थी। लेकिन शादां का अभी विवाह करने का कोई इरादा न था। उसके पति को मरे अभी केवल दो ही वर्ष हुए थे और फिर यह बात भी है कि अगर उसने विवाह कर लिया तो पेंशन फौरन बन्द हो जाएगी। वह सस्ता जमाना था और उस जमाने के बारह रुपये आज के डेढ़ सौ रुपये के बराबर होते हैं। रजबअली शादां के सम्बन्ध में कुछ अधिक नहीं जानता था। उसने केवल किसी मनचले से इतना सुन लिया था कि रप्पा गांव में एक अत्यन्त सुन्दर विधवा रहती है, जिसका नाम शादां है। रजबअली के लिए बस इतना ही काफी था। जब वह रप्पा गांव में पूछताछ के सम्बन्ध में अपनी रायफल लेकर रवाना हुआ, तो चलते वक्त ही उसने तय कर लिया था कि वह रात को शादां के घर मेहमान रहेगा।

शादां को रजबअली की बातचीत, उसका अन्दाज, उसकी हेकड़ी बिल्कुल पसन्द नहीं आई। मगर रजबअली सरकारी कर्मचारी था, इसलिए अतिथि के आदर-सत्कार के सम्बन्ध में जो कुछ उससे हो सका, उसने कर दिया। उसने अपने स्वर्गीय पति का बिस्तर निकाला और अपने घर की सबसे अच्छी खाट पर सिपाही के लिए बिछा दिया। उसके लिए एक मुर्गी हलाल की और मकई की रोटियां खुद अपने हाथों से सेकीं। इन बातों से रजबअली बहुत प्रसन्न हुआ और अपनी मूंछों पर ताव देता हुआ शादां के सुदृढ़ मगर लचकते हुए शरीर को गहरी दिलचस्पी से देखा।

दूसरे दिन शादां के घर के बाहर रजबअली की लाश मिली तथा शादां सिपाही की राइफल लेकर फरार हो चुकी थी।

कोहाले का थानेदार हशमतअली फौरन दो हवलदार लेकर घटना स्थल की ओर रवाना हुआ। रप्पा गांव कोहाले से पन्द्रह मील दक्षिण की ओर स्थित था। झेलम नदी उसके धान के खेतों के पास से होकर बहती थी। यहां आकर झेलम का पाट वहुत चौड़ा हो जाता था और यहां से अंग्रेजी इलाके को जाने के लिए एक बीड़ा पड़ता था। पहले तो बीड़े के मांझी अल्लाहादाद से पूछताछ करके उसने इस बात का सन्तोष कर लिया कि शादां नदी के पार के अंग्रेजी इलाके में नहीं घुसी है। इस स्थान के अतिरिक्त किसी दूसरे स्थान पर नदी का पाट इतना चौड़ा न था कि जहां पर बीड़ा पड़ सके। दरिया की लहरें इतनी उच्छृंखल थीं कि तैरकर पार जाने का प्रश्न ही नहीं पैदा होता था। फिर भी एहतियात के तौर पर इस स्थान से हशमतअली ने एक हवलदार और एक सिपाही को नदी पार अग्रेजी इलाके में तहकीकात के लिए रवाना कर दिया। खुद केवल एक हवलदार और एक सिपाही लेकर रप्पा गांव को रवाना हुआ। रप्पा गांव ऊपर की घाटियों पर आबाद था। उसके ऊपर 11 हजार फुट ऊंचा काला सराय का पहाड़ था, जिसकी चीटियों पर हमेशा बर्फ जमी रहती थी।

हशमतअली बड़ा खुखार थानेदार था। डाकुओं और फरार हो जाने वालों को पकड़ने में उसकी समता करने वाला और कोई नहीं था। वह बारीक से बारीक कदमों के निशान पहचान लेने में दक्ष था। लोग तो यहां तक कहते थे कि फरार के शरीर को आधे मील से एक कुत्ते की तरह सूंघ लेता था। खैर, यह तो अत्युक्ति है, लेकिन इसमें कोई सन्देह नहीं कि अधिकांश समय डाकुओं से मुकाबला करने तथा फरारों को पकड़ने में गुजारा था। उसके शरीर पर कई गोलियों के निशान थे। कई बार डाकुओं ने उसे मुर्दा समझकर छोड़ दिया था। लेकिन उसके शरीर में गैंडे के शरीर की तरह गोलियों की चोट से स्वस्थ हो जाने की योग्यता थी। वह अपनी धुन का पक्का, हठी और बहुत ही ईमानदार था। इसलिए उसने आज तक शादी नहीं की थी। कहा था—अगर घर में औरत आ जाए और बच्चे हो जाएं, तो थानेदार के दिल

में अपनेआप बेईमानी आ जाएगी। अपने छोटे-छोटे बच्चे देखकर किसका दिल डाकूओं से मुकाबला करने को चाहेगा? हुश...ये औरतें मर्द को हमेशा बेईमानी और रिश्वत पर उकसाती हैं। मुंह से कुछ नहीं कहतीं, लेकिन अपनी मांगों से सदा बेईमानी पर उकसाती हैं। वास्तव में हशमतअली को घरेलू जीवन और स्त्री से घृणा जैसी थी। उसे खुली जगह, अपनी रायफल और संघर्ष का जीवन पसन्द था।

रप्पा गांव में आकर उसने पहले तो सारे गांव को बंधवाया। बदमाशों को जूते लगवाए और शरीफों को मुर्गा बनवाया तथा दिन-भर लोगों से सवाल-जवाब करता रहा। दिन-भर की तहकीकात से उसे इतना तो पता चल गया कि कोई और व्यक्ति शादां के सिवा इस हत्या में शरीक नहीं था और न ही शादां के फरार होने में उसका सहायक था। फिर भी एहतियात के लिए उसने एक हवलदार और एक सिपाही को गांव में रख दिया और स्वयं शादां के घर से घाटी-घाटी ऊपर चल पड़ा, जहां उसे कदमों के हल्के-हल्के निशान मिले थे। रात को वह ऊपर चीड़ के जंगलों में एक लकड़हारे किसान के घर रहा। घंटों की बातचीत के बाद उसे पता चला कि शादां यहां नहीं आई थी, परन्तु किसान ने शाम गहरी होते वक्त घाटी की दूसरी तरफ राइफल चलने की आवाज सुनी थी। इसलिए रात को वह उस किसान के घर पड़ा रहा। सुबह पौ फटते ही घाटी की दूसरी तरफ रवाना हो गया, जहां काऊ और चीड़ के घने जंगलों के बीच लाल कस्सी बहती है और जिसके पार काला सराय का ऊंचा पहाड़ था।

जंगल-जंगल उतरता हुआ आखिर वह लाल कस्सी पर पहुंचा, जिसका पानी उत्तरीय पहाड़ों की लाल मिट्टी बहा ले जाने के कारण हमेशा लाल रहता था। हशमत भी देर तक इस कस्सी के किनारे-किनारे घूमता रहा। आखिर उसे एक जगह पर कदमों के निशान मिल गए और यह निशान हूबहू उन कदमों के निशान से मिलते थे, जोकि शादां के घर से घाटी की ओर जाते हुए उसे मिले थे। हशमतअली उन निशानों को

पाकर बहुत ही प्रसन्न हुआ और राइफल कन्धे पर उठाए लाल कस्सी पार कर गया।

घाटी-घाटी चढ़ते हुए वह ऊपर सिलवर फर के जंगलों में पहुंच गया। सिलवर फर के मजबूत तने संतरियों की तरह खड़े थे और उनपर सब्ज काई के अतिरिक्त जंगली बेलें चढ़ी हुई थीं। यहां सूर्य की रोशनी दूर ऊपर से छनकर एक हरियाली रंगत का-सा आनन्द लिए हुए पहुंचती थी। जंगल में चारों ओर इतना गहरा सन्नाटा था कि वह अपने खामोश कदमों की चाप तक सुन सकता था। देर तक वह इन जंगलों में घूमता रहा। आखिर उसे एक कांटेदार झाड़ी में फुलदार लाल सूसी का एक छोटा-सा टुकड़ा मिल गया, जो संभवतः शादां की मुगलई शलवार से लिपटकर कांटेदार झाड़ी में उलझकर रह गया था। हशमतअली खान बेहद खुश हुआ। बहुत देर तक बड़े ध्यान से वह इस सूसी के टुकड़े को देखता रहा, फिर आगे बढ़ गया। जंगल में, आगे जाकर उसे चट्टानों के दरमियान चिरी हुई लकड़ियां और राख नजर आई। हशमतअली का दिल मारे खुशी के हुमकने लगा। उसने चारों ओर बड़े गौर से देखा। शादां ने संभवतः रात यहीं काटी थी। अब वह यहां से किस ओर गई थी?...

बहुत सोच-विचार के बाद वह उत्तर की ओर एक रास्ते पर चल पड़ा। यह रास्ता बड़ा कठिन था और नंगी चट्टानों में से होकर ऊपर काला सराय की ढक्कियों की ओर जाता था, जहां चरवाहे दूर-दूर से आकर अपनी भेड़े चराने के लिए लाते थे और जो इन दिनों बर्फ से ढकी रहती हैं। इन ढक्कियों से ऊपर काला सराय की पथरीली एवं बर्फीली चोटियां थीं, जोकि गहरे बादलों से ढकी रहती थीं। सर्दी बढ़ती जा रही थी। ऊपर की चोटियों से फिसलकर धुंध नीचे की तरफ जा रही थी। इस अर्ध पारदर्शी धुंध में काला सराय की कटी-फटी चोटियां किसी पहाड़ी दुर्ग के कंगूरों की तरह नजर आती थीं। आहिस्ता-आहिस्ता ज्यों-ज्यों वह ऊपर चढ़ता गया, धुंध गहरी होती गई तथा सर्दी भी बढ़ती जा रही थी। हसमत ने अनुभव किया कि उसे अपना ओवरकोट भी

लाना चाहिए था। लेकिन उसे कहां मालूम था कि इस फरार की तलाश में इतनी ऊंचाई पर जाना पड़ेगा। मालूम होता तो वह इस प्रकार से तैयार होकर आता। कम से कम एक सिपाही, खाने-पीने तथा दूसरे जरूरी सामानों से लदा हुआ उसके साथ आता। किन्तु उसने हवलदार और सिपाही दोनों को नीचे छोड़ दिया था जोकि उसकी मूर्खता ही थी।

धुंध गहरी होती गई, उसके कदम बर्फ पर पड़ने लगे। फिर हल्की-हल्की बे-आवाज वर्षा शुरू हो गई। कहीं-कहीं पर उसके पांव बर्फ में सील जाते थे। उसके चारों ओर धुंध इतनी गहरी और मोटी हो चली थी कि तीन गज के आगे रास्ता दिखाई न देता था। वह केवल एक दिशा को ध्यान में रखककर चल रहा था। लेकिन धुंध की लपेट में आकर अब उसे यह विश्वास भी न रहा था कि वह ठीक दिशा की ओर जा रहा है या गलत दिशा की ओर चल पड़ा है।

एकाएक एक चट्टान से उसका पांव फिसला और उसने संभलने के लिए अपने पिछले कदम में अगले कदम को मिला दिया, और एकाएक ठीक उसी समय उसे अनुभव हुआ कि उसके दोनों कदम अब हवा में लटके हैं और वह नीचे गिरता जा रहा है। उसने दोनों तरफ चट्टानों को पकड़ने के लिए आगे-पीछे हाथ चलाए, मगर उसे कुछ हाथ न आया। वह पचास फुट गहरी एक खड्ड में नीचे गिर पड़ा। सौभाग्यवश वहां खड्ड में बर्फ थी, नहीं तो उसकी हड्डी-पसली टूट जाती। फिर भी उसे कई जगह चोटें आई और दायें पांव की एड़ी बर्फ में उभरी हुई एक चट्टान से टकराकर कट गई और वहां से खून बहने लगा। उसने खड़े होने की कोशिश की, मगर वह पुनः खड्ड में गिर पड़ा।

वह देर तक उस गड्ढे में गिरा हांफता रहा। अब बारिश बंद हो चुकी थी और बर्फ पड़ने लगी थी। सर्दी से उसका सारा शरीर सुन्न हो रहा था। भाग्यवश उसके दोनों हाथ सलामत थे। वह अपने दोनों हाथों को जोर से एक-दूसरे से मिलाकर तथा घिसटकर चट्टानों की टोह लेते हुए खड्ड की दूसरी

दीवार से ऊपर चढ़ने लगा। बीच में देवदार का एक छोटा-सा पेड़ बर्फ से बाहर निकला हुआ-सा दिखाई पड़ा। उसके तने को फाड़कर चंद मिनटों तक हशमत ने आराम की सांस ली। फिर घिसटता, गिरता-पड़ता किसी प्रकार खड्ड की दूसरी तरफ चढ़ गया।

खड्ड की दूसरी ओर काला सराय पहाड़ की बर्फीली ढाल थी और कहीं-कहीं पर तुंग के इक्के-दुक्के पेड़ धुंध में खोए हुए काली परछाइयों की तरह नजर आ रहे थे। बर्फ अब बड़ी तेजी से गिर रही थी। उसके कंधों पर जमती जा रही थी तथा उसकी पलकों से गिरकर गालों पर पिघलती जा रही थी तथा उसके गाल इस तरह गीले हो रहे थे जैसे वह घंटों से रो रहा हो।

एड़ी से लहू बह रहा था और लगातार लहू किकलने से वह बेहद कमजोर हो चला था। सर्दी की अधिकता के कारण उसका सारा शरीर सर्द और नर्जीव-सा हो चला था। उसकी आंखें एक अस्वाभाविक निद्रा से बंद होती जा रही थीं। मगर इस दशा में भी उसने अपनी रायफल को न छोड़ा। कभी गिरता, कभी उठता, कभी घुटनों के बल चलता, वह एक रोशनी के पास पहुंच गया, जो इस तेज तूफान और धुंध में कहीं चमकती हुई नजर आ रही थी।

आखिरी फासला उसने घुटनों के बल चलकर तय किया। यह लकड़ी के बने हुए एक केबिन के आकार का घर था, जिसकी छत से धुआं निकल रहा था, और लकड़ी के जुड़े हुए कुंदों की दरारों से रोशनी छनकर बाहर आ रही थी।

हशमतअली दहलीज पर जा गिरा। उसने रायफल के कुंदे से दरवाजे को खटखटाया।।

दरवाजा धीरे से खुला और उसमें से एक स्त्री का चेहरा नजर आया, जिसके हाथ में रायफल थी।

शादां ने सबसे पहले हशमतअली की रायफल को अपने कब्जे में ले लिया। फिर वह उसे चौखट से घसीटकर बड़ी मुश्किल से उठाकर अन्दर लाई

और खाट पर लिटा दिया। वह खाट पर गिरते ही बेहोश हो गया। अन्तिम क्षण में उसे केवल इतना याद था कि एक लम्बे कद वाली चित्ताकर्षक नारी की आकृति उस पर झुकी हुई है और उसकी विचारों में डूबी हुई बड़ी और भूरी आंखों पर गहरी पलकों की एक पंक्ति सुसज्जित है।

जब वह होश में आया तो उसने देखा कि वह खाट पर रस्से से बंधा लेटा है। उसके पांव में किसी ने पट्टी बांध दी है और शादां उसके सिरहाने शोरबे का प्याला लिए खड़ी है।

लगातार सात दिन तक बर्फ और वर्षा का तूफान उस कैबिन के गिर्द गरजता और कड़कता रहा। शादां निरन्तर उसकी सेवा-सुश्रुषा करती रही। उसकी एड़ी का जख्म अच्छा होता गया तथा दूसरी चोटें भी ठीक होती गईं। लेकिन शादां उसकी चौकसी बड़ी एहतियात से करती थी। उसने हशमतअली की रायफल बर्फ में किसी जगह दबा दी थी और अपनी रायफल हर समय अपने हाथ में रखती थी। चन्द घण्टों के लिए जब वह नीचे जंगल जाती तो जंगली जानवर मारकर लाती। उस समय वह हशमतअली को और भी सख्ती से रस्सों से बांध देती और हर प्रकार से निश्चिन्त होकर दरवाजा बाहर से बन्द करके जाती थी।

"यह सब एहतियात गलत है।" हशमतअली उसे समझाता, "एक न एक दिन तुम अवश्य पकड़ी जाओगी।"

"मेरे जीते-जी तो मुझे कोई नहीं पकड़ सकता।" शादां जवाब देती।

"यदि फरार रहोगी तो फांसी पाओगी," हशमतअली ने कहा, "किन्तु अपने-आपको पुलिस के हवाले कर दोगी तो केवल काले पानी जाओगी। आखिर रजबअली ने तुम्हारी इज्जत ली थी। तुमने यदि अपने सतीत्व के बदले उसकी जान ली है तो कोर्ट सजा देते समय ध्यान रखेगी...."

"मैं काले पानी नहीं जाना चाहती, मैं जेल भी नहीं जाना चाहती, मैं आजाद रहना चाहती हूं..."

हशमतअली ने उस लम्बे कद और तीखे नक्श वाली शादां की तरफ प्रशंशा भरी नजरों से देखा। उसके सारे शरीर में एक झुरझुरी-सी हो आई। उसने जल्दी से अपना मंह फेर लिया। यह कैसी कमजोरी थी? शादां जब उसके निकट आती तो उसके शरीर से कैसी नीम गर्म-सी सुगन्ध आती थी। वह सुगन्ध हशमतअली को बेचैन और बेताब कर देती थी। उसके खून का दौरा तेज हो जाता, उसकी देह में सनसनी-सी फैल जाती और लहू की गर्मी से उसके कानों की लव तक जलने लगती थीं। ऐसा तो उसने पहले कभी अनुभव नहीं किया था।

एक दिन हशमतअली ने उससे कहा, "यदि तुमने दुबारा शादी कर ली होती तो रजबअली को तुम्हारे घर आने का साहस न होता।"

"हां, यह ठीक है।"

"फिर तुमने शादी क्यों नहीं की?"

"मुझे कोई मर्जी का मर्द नहीं मिला।"

"कैसा मर्द चाहती हो तुम?"

"ऐसा, जिसके सीने से लगकर मेरा दिल रोने को चाहे।"

शादां ने आंखें झुकाकर आहिस्ता से कहा। फिर वह सामने की दीवार की ओर देखने लगी और उसकी बड़ी-बड़ी भूरी आंखें निद्रित-सी हो गई...

दस दिन के पश्चात् जब हशमतअली बिल्कुल अच्छा हो गया तो शादां उसकी रस्सियां खोलकर उसे बाहर लाई। अब तूफान खत्म हो चुका था। ढक्कियों के सीढ़ीदार कित्तों में बर्फ पर सुनहरी धूप चमक रही थी और तंग की डालियों पर बर्फ की चमकदार झालरे खुशनुमा लैस की तरह झूल रही थीं। वायु में एक प्राणदायक ताजगी और खुनक थी। आकाश दूर तक नीला, साफ और स्वच्छ था और चोटियों पर कहीं बादल का एक टुकड़ा भी न था।

हशमतअली ने चारों तरफ देखकर सन्तोष की गहरी सांस ली। लेकिन शादां ने अपनी रायफल के कुन्दे से उसकी पीठ को ठोककर कहा, "आगे बढ़ो।"

"कहां?" हशमतअली ने आश्चर्य के साथ पूछा।

"मैं तुम्हें उस खड्ड तक छोड़ देंगी, जहां से जंगल शुरू होता है। वहां से तुम सीधे रप्पा गांव को चले जाना, फिर वहां से अपने थाने पर। दुबारा अगर तुमने मेरा पीछा किया तो जान से मार देंगी, इस बार जाने देती हूं क्योंकि मेरी-तुम्हारी कोई दुश्मनी नहीं है।" हशमतअली आगेआगे चलने लगा, रायफल दोनों हाथों में थामे हुई शादां उसके पीछे-पीछे चलने लगी। बड़े एहतियात से उसे देखते हुए कि यदि हशमतअली जरा भी कोई गलत हरकत करे तो वह उसे फौरन गोली का निशाना बना दे।

सीढ़ी-दर-सीढ़ी ढक्कियों के टैरेसनुमां कित्तों से उतरकर वह दोनों उस गहरी खड्ड के निकट पहुंचे जो जंगल की घाटियां उस सतह को घाटियों से जुदा करती थी। यह काफी गहरी खड्डु थी और यहीं पर हशमत का पांव धंध में फिसला था। इसी खड्ड के दूसरी ओर चट्टानों के परे काला सराय का निचली घाटियों का जंगल शुरू होता था। खड्ड काफी गहरी थी, मगर खड्ड के इस किनारे से उस किनारे में इतना अन्तर था कि एक आदमी जोर से छलांग लगाकर उस पार जा सकता था। शादां इसी प्रकार छलांग लगाकर दूसरे किनारे आई। 'अगर धुन्ध न होती तो शायद मैं भी यही करता,' हशमतअली ने उस गहरे खड्डे को देखकर दिल ही दिल में कहा, 'उस दशा में न मैं जख्मी होता और न इस तरह शादां के हाथों विवश होता।'

"छलांग लगाओ," शादां ने हशमतअली को खड्ड के किनारे खड़ा करके कहा।

हशमतअली ने कहा, "अब भी कहता हूं शादां, मान जाओ—अपनेआप को मेरे हवाले कर दो, हर तरह से तुम्हारी मदद करूंगा।"

शादां जोर से हंसी, रायफल के कुन्दे से हशमतअली की पीठ में हल्का-सा ठोंका देकर बोली, "पुलिस वालों का क्या विश्वास? अब अगर तुम यहां से जिन्दा जाना चाहते हो तो खड्डु को छलांग लगाओ।"

"अभी मैं बहुत कमजोर हूं," हशमतअली ने बहाना किया।

"अल्लाह का नाम लेकर जोर से छलांग लगाओ, पार चले जाओगे।"

अल्लाह का नाम लेकर हशमत जोर से छलांग लगाने के लिए अपने कन्धे सिकोड़कर नीचे झुका, फिर बिजली की-सी तेजी से पलटकर शादां की टांगों को पटखी देता हुआ दूसरी ओर खड़ा हो गया। अब शादां जमीन पर थी और रायफल हशमतअली के हाथों में। यह सब कुछ एक क्षण में हुआ था।

शादां के होश-हवास अभी ठिकाने पर न आए थे कि हशमतअली ने उसके दोनों हाथ काबू में करके हथकड़ी पहना दी।

अब वे दोनों साथ-साथ चल रहे थे। हशमतअली ने उस खड्डु वाले रास्ते को छोड़ दिया था और किसी दूसरे रास्ते से शादां को नीचे की घाटियों में ले जा रहा था। जंगल खामोश था और वे दोनों भी खामोश चल रहे थे। न शादां हशमतअली से बात करती थी, न हशमतअली शादां से आंखें मिलाने का साहस कर सकता था। शादां के हाथों में हथकड़ी थी और जंजीर हशमतअली के हाथ में। वे दोनों साथ-साथ चल रहे थे। जंगल से उतरते समय हशमत ने शादां को एक स्थान दिखाया, जहां चट्टानों की खोह में उसने एक रात बिताई थी।

फिर घाटियां उतरकर हशमत ने लाल कस्सी पार की और दूसरे किनारे का पहाड़ चढ़कर लकड़हारे किसान के घर जाकर शादां और हशमत दोनों ने पानी पिया और चन्द मिनटों के लिए आराम किया। अब शाम के धुंधलके छा रहे थे, मगर हशमतअली ने इस किसान के घर आराम करना उचित न समझा। वह शाम खत्म होते-होते रप्पा गांव पहुंच जाना चाहता था। उतराई का रास्ता था तथा यह उसका जाना-पहचाना था। चन्द मिनट आराम करने के बाद वह शादां को लेकर फिर नीचे उतर गया।

नीचे उतरते-उतरते वह बिल्कुल रप्पा गांव के धान के खेतों में उतर

गया, जहां झेलम नदी का किनारा था और माझी आखिरी बार सवारियों को उतारकर बेड़े को बांध रहा था।

हशमतशली एकाएक चलते-चलते रुक गया। उसने मांझी से पूछा, "मियां पार जाओगे?"

"अभी तो आया हूँ सरकार।"

हशमतअली ने जेब से पांच रुपए का नोट निकालकर मांझी के हाथ में थमाया। फिर मांझी बेड़ा खोलने लगा।

"चलो किश्ती में बैठो", हशमतअली ने शादां से कहा।

शादां ने आश्चर्य से उसकी ओर देखकर पूछा, "तुम मुझे कहां ले जा रहे हो?"

"चलो किश्ती में मेरे साथ। फिर बताता हूं।

शादां आश्चर्य तथा भय की मिश्रित भावना के साथ हशमतअली के साथ किश्ती में बैठ गई। माझी बेड़ा खेने लगा। हशमत ने उसके हाथों की हथकड़ी को खोलते हुए कहा कि, "अब तुम आजाद हो। अंग्रेजी इलाके में पहुंचकर तुम पिंडी चली जाओ, लाहौर चली जाओ, जहां जी चाहे चली जाओ।"

"और तुम?"

"अगर तुम मुझे आज्ञा दोगी"—हशमतअली ने कहा, "तो जहां-जहां तुम जाओगी मैं भी तुम्हारे साथ जाऊंगा।"

शादां का चेहरा लज्जा से लाल हो गया तथा एक घुटी और कमजोर सी आवाज में बोली, "और तुम्हारी नौकरी?"

"वह इस झेलम के पानी में बह गई।"

शादा देर तक हशमतअली के मुंह की तरफ देखती रही। एकाएक उसकी आंखों में आंसू आ गए और वह झुककर हशमत के सीने से लग गई। और... सिसककर खुशी से रोने लगी।

माझी बेड़ा खेते हुए जोर से गाने लगा—

"आए झेलमा, बेलिंया...

ओये मेरा रुट्टा यार आन मिलो।..."

यमला

साहुकार से सात साल तक मुकदमा लड़ने के बाद जब यमला मुकदमा हार गया, तो वह बहुत ही परेशान होकर घर लौटा और बीवी से कहने लगा, "भलिये लोके! अब तो यह घर खाली कर देना पड़ेगा और जमीन भी हाथ से जाएगी।

यह सुनकर यमले की बीवी रोने लगी और उसके बच्चे भी रोने-चिल्लाने लगे। यमले की स्त्री ने आंखें ऊपर उठाकर कहा, "अब तो वह मालिक ही तुम्हें बचा सकता है।"

यमला गांव का सबसे मेहनती जाट था। सारी जिन्दगी उसने बैलों की-सी तत्परता से काम किया था। उसने हमेशा अपने इष्ट की पूजा की थी, अपने हाकिम को बेगार दी थी, साहूकार के आगे सिर झुकाया था, इस पर भी जब उसके खिलाफ मकान और जमीन की कुर्की की डिगरी हो गई, तो उसका दिल दुःख और क्रोध से भर गया। मगर उसने हिम्मत न हारी। बीवी की बातें सुनकर उसने मालिक को ढूंढने का इरादा कर लिया।

सबसे पहले वह पटवारी के पास गया, क्योंकि उसने सुन रखा था कि धरती तो पटवारी की होती है, वह जिधर चाहे अपनी जरीब खिसका दे।

"पहले मेरे पांव दबाओ, फिर बताऊंगा," मन्त्री बोला।

यमला खुद बेहद थका हुआ था, मगर उसे ऊपर वाले का पता दरकार था, इसलिए वह दो घण्टे बड़ी मेहनत से मन्त्री के पांव दबाता रहा। जब मन्त्री पर नींद का आक्रमण होने लगा तो उसने फिर पूछा, "मोतियां वाले, बता दे, ऊपर वाला किधर रहता है?"

मन्त्री ने अंघ के बीच कहा, "यहां से बहुत दूर! ऊपर...आसमान में एक टापू है, जिसके किनारे पुरगुलाबी मोती टंके हुए हैं, वहां ऊपर वाला रहता है, जो सारी धरती का मालिक है।

इतना कहकर मन्त्री सो गया। यमला दोनों हाथ विनय से जोड़कर और सिर झुकाकर, अपनी पगड़ी संभालता हुआ, दबे पांव मन्त्री के कमरे से बाहर निकल गया।

यमला एक ताड़ के पेड़ पर चढ़ा और उसकी चोटी पर पहुंचकर ऊपर आसमान पर चढ़ता गया—ऊपर ही ऊपर। यहां तक कि बादल नीचे रह गये. हवा नीचे रह गई, फिजा नीचे रह गई, फासले और उजाले नीचे रह गए, मगर वह चढ़ता ही गया और चलता ही गया—ऊपर ही ऊपर, ऊपर ही ऊपर।

चलते-चलते उसे एक टापू नजर आया, गोरे रंग के समुद्र में एक काला टापू था और इर्द-गिर्द गुलाबी मोतियों की झालरें टंकी हुई थीं। यमले ने अपने पांव से जूतियां निकालकर झाड़ीं और उन्हें रस्सी से बांधकर अपने कन्धे पर रख लिया और फिर समुद्र में कूद पड़ा और जान की बाजी लगाकर तैरता हुआ दूसरे किनारे पर जा पहुंचा, जहां पर एक बहुत बड़ा दरवाजा था, जिसके दोनों पट बन्द थे, लेकिन फिर भी लोग हजारों की संख्या में उस बन्द दरवाजे के अन्दर यूं दाखिल हो रहे थे जैसे रोशनी कांच की सिल के अन्दर से गुजर जाती है।

लेकिन जब यमले जाट ने गुजरना चाहा तो वह गुजर न सका, बाहर ही से दरवाजा पीटता रह गया। उसका शोर सुनकर दरवाजे में एक खिड़की-सी खुली और एक सफेद दाढ़ी वाला अपनी नीली आंखों से उसकी तरफ आश्चर्य से ताकते हुए बोला: "क्या है?"

"एक फरियाद है।"

"फरियाद का फैसला यहां नहीं होता, ऊपर होता है।" बूढ़े ने जवाब, दिया।

"ऊपर?—ऊपर कहां?"

"ऊपर जन्नत और जहन्नुम में, नरक और स्वर्ग में, हेवन और हेल में।" बुड्ढा बोला।

"तो क्या ऊपर वाला यहां नहीं रहता?" यमले ने बड़ी मायूसी से पूछा।

"नहीं।" बुड्ढे ने निश्चिन्तता से कहा, "यह जजीरा तो जमीन से आने वाली रूहों की सराय है, यहां थकी-मांदी, भूखी-प्यासी मुसाफिर रूहें आकर आराम करती हैं, खाना खाती हैं, रात को आराम करती हैं और सुबह दम फिर अपने सफर को रवाना हो जाती हैं।"

"मैं भी थका-मांदा, भूखा-प्यासा हूं, मुझे भी कुछ खाने को दे दो।" यमला जाट बड़ी आजिजी से बोला, "उसके हलक में कांटे-से चुभ रहे थे और तलवों से खून बह रहा था, और वह बेहद भूखा था।"

"क्या तुम रूह हो?" बुड्ढे ने पूछा।

"नहीं, मैं यमला जाट हूं।" उसने बड़ी मासूमियत से कहा।

"तो ऊपर जाओ, यहां तुम्हारे लिए जगह नहीं है।" इतना कहकर बुड्ढे ने खिड़की बन्द कर दी।

यमला जाट के घुटे हुए सीने से एक आह निकली और वह सिर झुकाकर फिर अपने सफर पर रवाना हो गया।

कितने दिन, कितने महीने, कितने वर्ष वह सफर करता रहा, उसे कुछ याद न रहा, बस उसे इतना याद था कि एक उजाड़ जंगल था, जिसमें वह सफर करता जा रहा। आखिर उसे एक दिन किला नजर आया, जिसकी दीवारें जलते हुए अंगारों की थीं और कंगूरों से शोले भड़क रहे। थे और अन्दर से करोड़ों इन्सानों के कराहने की आवाजें आ रही थीं।

किले के दरवाजे के बाहर एक ऊंचे तख्त पर एक बूढ़ा आदमी सोया

हुआ था, उसके कपड़े मैले और फटे-पुराने थे, उसके सिर के बाल लटों में तबदील हो चुके थे और दाढ़ी भी, और उसके जिस्म से बड़ी बदबू आती थी, मगर वह बिल्कुल बेखवर सो रहा था।

यमले ने उसके करीब जा उसे जगाया।

वह बुड्ढा हड़बड़ाकर उठ बैठा।।

"क्या है?" वह गुस्से से बोला और बोलते ही उसके मुंह से दो शोले निकले।

"एक अर्ज है तख्त वाले!" यमला कहने लगा।

बुड्ढा बोला, "पहले मेरे सिर की जुएं चुनो, फिर सुनूंगा।"

देर तक यमला उसके सिर की जुएं चनता रहा। जब बुडढे को कुछ सुकून महसूस हुआ तो उसने यमले की विपदा सुनी, सुनकर बोला :

"अगर तू अपनी आत्मा मुझे दे दे, तो मैं तेरी जमीन तुझे वापस दिला सकता हूं।"

"मेरे पास तो कुछ भी नहीं है," यमला बोला, "मेरी जमीन और मेरा घर कुर्क कर लिया गया है, मेरा जिस्म हाकिम का है, आत्मा मेरे इष्ट के पुजारी की है, मेरे पास तो कुछ भी नहीं है, जिसे अपना कह सकूं।

"तो ऊपर वाले के पास जाओ।"

"क्या तू ऊपर वाला नहीं है?" यमले ने बड़े आश्चर्य से पूछा।

"नहीं, मैं तो शैतान हूं।" बुड्ढा जोर-जोर से अपने बाल नोंचने लगा और उसके सिर से चिंगारियां फूटने लगीं।

"ऊपर वाले ने मुझे छोड़ दिया है, मुझे छोड़ दिया है, और मैं करोड़ों साल से नहाया नहीं और मेरे जिस्म से बदबू आती है, और मुझे पानी की तलाश है।"

यमले ने अपनी मिट्टी की सुराही के आखिरी दो घूंट शैतान को पिला दिए और सीधा बैकुण्ठ के अन्दर चला गया और रब ने उससे कहा, "यमले, मैं रब हूं, इस स्वर्ग का रब, लेकिन तेरी मुसीबत का उपचार मेरे पास भी नहीं है,

क्योंकि मैं ऊपर वाला नहीं हूं।"

यह बात सुनकर यमले का दिल बैठ गया। सहसा उसके मुंह से निकला, "क्या तू भी ऊपर वाला नहीं है! तो फिर कौन ऊपर वाला है?"

रब वे यमले के कन्धे पर बड़ी मुहब्बत से हाथ रखा और किसी शांत-स्वच्छ झील के लहजे में बोला, "यह थोड़े सितारे, नक्षत्र, जिन्हें तुम सूर्य और ग्रहों आदि का क्रम कहते हो, और जो आकाशगंगा की एक झुर्री की सात परत में स्थित है, मैं तो सिर्फ इतनी-सी जगह के इतने-से मनुष्य के भाग्य का ईश्वर हूं, मगर ऊपर वाला नहीं हूं।"

"तो ऊपर वाला कहां है?" यमला बोला, "मुझे उसकी तलाश है। अगर वह मुझे न मिला तो मेरी जमीन मेरे हाथ से चली जाएगी और मेरी बीवी और बच्चे क्या खाएंगे अगर मेरी जमीन मेरे पास न होगी तो?"

रब ने मुस्कराकर पूछा, "तुम्हारे पास थोड़ी-सी आग होगी।"

"आग! आग! तुम्हे आग की क्या जरूरत है?" यमले ने हैरान होकर पूछा।

रब ने यमले के कान में कहा, "तुम्हारी तरह मुझे भी बीड़ी पीने की आदत है, मगर यहां स्वर्ग में आग नहीं है। जब से शैतान यहां से गया है, आग भी चली गई है, और कभी-कभी मेरा दिल बेइख्तियार बीड़ी पीने को चाहता है, मगर यहां आग नहीं है।"

यमले ने अपनी जेब टटोलकर अपनी माचिस की अन्तिम तीली उसे दे दी।

तो फिर रब ने उससे कहा, "ऊपर वाला बहुत दूर ऊपर रहता है। आकाशगंगा के बहुत ऊपर। वहां तक जाने के लिए तुम्हें एक घेरे की सूरत में चलना पड़ेगा, एक दफा अपने दिल के अन्दर और दो दफा अपने दिल के बाहर, और तुम्हें लाखों सितारों और मुख्य नक्षत्रों से गुजरकर उस विशाल राजपथ पर पहुंचना होगा जहां ऊपर वाला रहता है। मगर वह इस जन्नत और जहन्नुम, स्वर्ग और नर्क, हेवन और हेल से भी बहुत दूर ऊपर रहती है।"

"वह कहीं भी रहता हो, मैं उसके पास जरूर जाऊंगा, महाशय! यह मेरी जमीन का मुआमला है।" यमले जाट ने बड़ी दृढ़ता से कहा और आगे सफर पर रवाना हो गया। और वह चलता गया और चलता गया। नक्षत्र रास्ते की धूल बनते गए और घेरे सिमटकर पथ-चिह्न बनते गए और फासले सिमटकर शून्य होते गए और समय सांप की केंचुली की तरह चलता गया और वह चलते-चलते आकाशगंगा की चोटी पर पहुंचा, जहां विशाल राजपथ समाप्त होता है। वहां उसने देखा कि एक औरत अपने सिर के बाल खोले रो रही है और यमला बड़ा हैरान हुआ और उसने उस स्त्री से पूछा, "तुम क्यों रो रही हो?"

"मुझे ऊपर वाले की तलाश है।" स्त्री ने सिसकियां लेते-लेते रोते-रोते कहा, "और ऊपर वाला कहीं मिलता नहीं।"

"वह कहां रहता है?" यमला जाट माथे का पसीना पोंछकर बोला

"बहुत दूर रहता है, मेरी आकशगंगा से बहुत दूर ऊपर वह जो तुम निबुला देखते हो, उस निबुला के पार एक हजार निबुला तुम्हें नजर आएंगे, फिर उनसे गुजरकर तुम्हें एक हजार निबुला और मिलेंगे, उनसे आगे जाकर सृष्टि की अन्तिम सीमा पर शायद तुम्हें वह अन्तिम निबुला दिखाई देगा, जहां ऊपर वाला रहता है, मगर तुम वहां तक कैसे जा सकोगे? वहां तो आज तक कोई नहीं गया।"

"ऐ अच्छी औरत, ओ भलिये लोके," यमले ने हंसकर कहा, "पैडा (सफर) कितना ही मुश्किल हो, जट (जाट) आखिर पहुंच ही जाता है।"

"वहां जाकर क्या करोगे?" स्त्री अपने आंसू पोंछकर मुस्करा दी। यमले को उसकी मुस्कराहट बड़ी आकर्षक मालूम हुई।

"देखो मेरा घर कितना सुन्दर है—यह आकाशगंगा की चोटी, यह हीरे-मोती में खेलनेवाला विशाल राजपथ, जिसकी एक-एक कंकरी कोहनूर से अधिक मूल्यवान् है।"

मुझे अपनी जमीन चाहिए भलिये लोके। तुमने यह मसल नहीं सुनी—

अगर पेट में रोटी न हो तो हर बात खोटी मालूस होती है। ढिड न पइयां रोटियां ते सारी गल्लां खोटियां। अब मुझे जाने दे। तूने मुझे रास्ता बता दिया है, तेरा लाख-लाख बार शुक्रिया।"

और वह आकाशगंगा की चोटी से चलकर पहले निबूला में दाखिल हो गया, निबुले से निकलकर फैली हुई गैस के एक चक्कर में प्रवेश किया, एक हजार चक्करों की फैली हुई सृष्टि से आगे जाकर एक हजार निबुलों के पेंचदार रास्तों से गुजरता हुआ अंतिम निबुला पर पहुंचा, तो उसने देखा कि सात रंग की रोशनियों के मीनारे में एक बच्चा छः-सात साल का बैठा गैस के महल बना रहा है। "क्या तुम ऊपर वाले हो?" यमला जाट आश्चर्य और प्रसन्नता से उस सुन्दर बच्चे की तरफ देखकर बोला, "नन्हे प्यारे! ऊपर वाले धरती के मालिक!"

बच्चा खिलखिलाकर हंस पड़ा और बोला, "मैं तो ऊपर वाला नहीं हूं, मैं तो एक बच्चा हूं, जो गैस के महल बनाता हूं।"

"तो फिर ऊपर वाला कहां है?" यमला जाट अत्यंत निराशा से बोला, "ऊपर वाला जो धरती का मालिक है?"

"धरती का मालिक?" बच्चे ने पूछा और फिर खुद ही जवाब दिया, "धरती का मालिक तो यहां से बहुत ऊपर रहता है।"

"यहां से बहुत दूर? ऊपर? और ऊपर कहां?" बहुत-से सवाल यमला जाट की बुद्धि से उभरकर उसकी जबान पर आ गए।

बच्चे को किसान की मूर्खता पर हंसी आई। हंसते-हंसते उसके पेट में बल पड़ गए। आखिर वह अपनी हंसी रोककर बड़ी मुश्किल से बोला, "वह तो यहां से बहुत दूर रहता है, और वहां तक तो आज तक कोई गया नहीं"

"मगर मैं जाऊंगा, मैं जाऊंगा, जरूर जाऊंगा।" यमले ने दांत पीसकर कहा, "तुम मुझे रास्ता बता दो।"

"बच्चे ने कहा, "तो तुम यहां से सीधे ऊपर चले जाओ, इस निबुला के बाद एक हजार और ऐसे निबुले आएंगे, उनके ऊपर एक हजार सृष्टि

चक्र आएंगे, उनके ऊपर एक और निबुला आएगा, उसके ऊपर आकाशगंगा आएगी, उसके ऊपर जमीनवाला एक चक्र आएगा, उस जमीन पर एक देश है, उस देश में एक गांव में एक घर है, उस घर में एक आदमी रहता है, जो धरती का मालिक है, उसका नाम यमला है।"

"मगर यमला तो मैं हूँ।" यमला जाट ने अपने सीने पर हाथ रख के कहा, और ज्यों ही यमले ने अपने सीने पर हाथ रखा, उसके पांवतले से निबुला फिसल गया और यमला फिसलता, गिरता-पड़ता निबुलाओं, सृष्टिचक्रों, आकशगंगाओं, हजारों सूर्यो, नक्षत्रों, से गिरता-गिरता अपने घर के आंगन में औंधे मुंह आ गिरा और उसके गिरने की आवाज सुनकर उसकी स्त्री अन्दर से आंगन में निकल आई और उसे झिंझोड़कर कहने लगी।

"ओये यमले! साहूकार तेरी कुर्की ला रहा है और तु अभी तक जमीन पर पड़ा सोता है।"

यह सुनते ही यमला जाट तेजी से उठ खड़ा हुआ और क्रोधित होकर बोला, "कौन माई का लाल मेरी जमीन कुर्क कर सकता है, यह धरती तो मेरी है, मैं इसका मालिक हूं।"

इतना कहकर यमले ने अपनी लाठी संभाली और उसे घुमाता हुआ घर से बाहर निकल गया।

गूंगे देवता

यह उस जमाने की बात है, जब देवता हम मनुष्यों में ही रहते थे, बोलते-चालते और खाते-पीते थे और संकट के समय लोगों को सही मशवरा और नेक सलाह देते थे। लोगों में उनकी बड़ी इज्जत थी। वह अपनी बुद्धि, साहस और वीरता के कारण पूजे जाते थे। लोग अपना हर द:ख उनके पास ले जाते थे, क्योंकि उस समय मनुष्य और देवताओं में सीधा मेलजोल था।

उस जमाने में चक ढोढा कलां नम्बर 216, जिला होशियारपुर में एक पीपल के पेड़ के नीचे एक देवता रहता था। उसका नाम गुजगुज था और वह अपने शरीर राख की बजाय सिन्दूर की भभूत रमाता था और पीपल के पेड़ के नीचे बैठे हुए उसके जिस्म का लाल रंग दूर-दूर तक लोगों को दिखाई देता था। लोग-बाग अपनी कठिन मुसीबत के समय उसके पास भाग के जाते, शीश नवाते, फूल-बताशे चढ़ाते और देवता से लाभ उठाते। आसपास के इलाके में और भी देवता थे, मगर उन सबमें सबसे अधिक गुजगुज ही प्रसिद्ध था और लोग सबसे ज्यादा उसी के पास जाते थे।

उन्ही दिनों चक ढोढा कलां नम्वर 216, जिला होशियारपुर में एक निर्धन किसान रहता था। वह न केवल धन-दौलत से ही गरीब था, बल्कि स्वभाव का भी बहुत ही गरीब था। हमेशा सिर झुका के चलता, बड़ी दीनता से बात

करता और अपने से बड़ों का सम्मान करता। आज तक किसीने उसके मुंह से एक गाली न सुनी थी। यद्यपि गांव में उसकी जमीन सबसे कम थी और बैलों की एक ही जोड़ी उसके पास थी और उसका छप्पर सबसे छोटा था, तो भी किसीने उसकी मीठी बोली के सिवा उसके मुंह से कुछ और न सुना, क्योंकि वह बड़ा परिश्रमी और नेकदिल किसान था और अपनी छोटी-सी बाड़ी, अपने छोटे-से घर और अपनी प्यारी पत्नी और बच्चों में मगन था। गुजगुज देवता उससे बहुत प्रसन्न था और लोगों को उपदेश देते समय बहुधा उसकी उपमा दिया करता था।

फिर एक दिन क्या हुआ कि वही गरीब किसान गर्मी की भरी दोपहरी में व्याकुल, घबराया हुआ, देवता की सेवा में हाजिर हुआ और हाथ जोड़कर कहने लगा।

"महाराज! मुझपर बड़ा अन्याय हुआ है। उत्तर दिशा की ओर एक टिड्डीदल आया और खेतों में बैठ गया। वह टिड्डीदल और किसी किसान के खेत में नहीं बैठा, सिर्फ मेरे खेत में बैठा और मेरी सारी हरीभरी फसल नष्ट कर गया और फिर उड़कर चला गया। महाराज, मैं तो लुट गया, उजड़ गया, बरबाद हो गया! अब मैं और मेरे स्त्री-बच्चे आगे छः माह तक कहां से खाएंगे?"

देर तक गुजगुज ने किसान की फरियाद सुनकर अपनी आंख खोली समाधि से जागकर कहा, "जब टिड्डीदल खेती खाकर उड़ा जा रहा था, क्या तूने उस समय आकाश के मेघों को देखा था, जो अपनी छाती में नई फसल की शुभसूचना लेकर आते हैं?"

किसान निरुत्तर हो गया और देवता के पांव छूकर चला गया।

एक वर्ष के बाद किसान फिर अपने बाल नोचता हुआ देवता के सामने हाथ बांधे खड़ा हुआ और थके-हारे स्वर में बोला :

"गुजगुज देवता! नदी में बाढ़ आ गई। किसी का छप्पर टूटा, किसी का बैल डूब गया, मगर मेरे तो तीनों खेतों को नदी बहाकर ले गई। महाराज! मेरे पास धान के वही तीन खेत थे जिन्हें बाढ़ बहाकर ले गई। अब मेरे बच्चे

चावल के एक-एक दाने को तरसेंगे।"

देवता बोले, "जो चावल नहीं उगा सकते, वह मक्का-जुआर और गेहूं उगाते हैं और उसी से दोनों जून पेट भरके आभार मानते हैं।"

देवता की बात सुनकर किसान चुप हो गया और सिर झुकाकर वापस चला गया।

दो वर्ष के पश्चात् किसान के दोनों बच्चे चेचक से मर गए। एक लड़का था, एक लड़की थी। वह दोनों की लाशें अपने सीने से लगाए रोता-चिल्लाता हुआ देवता के चरणों में आया और गिड़गिड़ाकर कहने लगा :

"मेरे दोनों बच्चे मर गए, मैं निपूता हो गया, भगवान के लिए इनको जीवित कर दो।"

गुजगुज देवता ने कहा, "जो मर जाते हैं, वे कभी जीवित नहीं होते। मौत अनिवार्य है, इसलिए अन्त में मौत के दुःख को सब भूल जाते हैं।"

"हाय, मेरा वंशनाश हो गया गुजगुज देवता !" किसान रोते हुए बोला, "मेरे दोनों बच्चे मर गए।"

गुजगुज देवता ने कठोर दृष्टि से किसान की तरफ देखा और बोला, "भरी बरसात में तो बंजर से बंजर जमीन पर फूल खिलते हैं और तेरी घरवाली तो जवान है, सुन्दर है और कोख वाली है।"

देवता के उत्तर ने किसान को चुप करा दिया, किन्तु आत्म-शान्ति न हुई और वह अपने बच्चों के शव को हृदय से लगाए वापस चला गया।

मगर छः महीने के बाद ही किसान फिर लौट आया और आते ही देवता के चरणों से लिपट गया और दहाड़ें मार-मारकर रोने लगा।

"क्या है ?" देवता ने उससे पूछा।

"मेरी स्त्री भी..." किसान अपने आंसुओं से भीगे गाल देवता के पांवों से मलते हुए बोला, "मेरी स्त्री मर गई—पहले मेरी फसल गई फिर मेरे खेत गए, फिर मेरे बच्चे गए और आज मेरी स्त्री भी चल बसी, मेरे जीवन का अन्तिम सहारा—हे देवता ! अब मैं क्या करूं ?"

देवता देर तक चुप रहे, उनके पुराने मौन मुखड़े पर विचार और चिन्ता की लकीरें उभर आईं, फिर धीरे से उनके चेहरे पर मुस्कराहट फूटी और वह बड़े कोमल और गंभीर तथा सहानुभूति-भरे स्वर में बोले, "जब तू अपनी स्त्री की चिता जला के वापस आया था, तो क्या तूने घाट के किनारे जूही के फूल देखे थे?"

"हां देखे थे।" किसान ने जवाब दिया, "मगर जूही के फूलों का मेरी स्त्री से क्या सम्बन्ध?"

देवता ने उसे समझाया, "जहां चिता जलती है, वहां जूही के फूल भी हैं।"

मगर किसान की समझ में कुछ नहीं आया, वह अपनी पत्नी की मौत से दीवाना हो रहा था। उसने बड़ी मजबूती से देवता के पांव पकड़ लिए और दुःख और क्रोध से अधीर होकर विकृत स्वर में बोला, "मगर महाराज! वह मेरी स्त्री थी, स्त्री! मेरे दिल का आखिरी सहारा! आज वह सहारा भी जाता रहा देवता!"

देवता ने जवाब में फिर कहा, "और तू जब चिता जलाकर वापस अपने घर जा रहा था, तो क्या तूने रास्ते में गांव के कुएं पर कुंवारियों को पानी भरते नहीं देखा था? उनकी आंखों का अंदाज, उनकी मीठी बातों की खुशबू, उनकी शरीर-रचना की रुपहली गूंज क्या तुझे याद नहीं?"

देवता चुप हो गए। किसान ने देर तक देवता के मुंह की तरफ देखा, लेकिन जब देवता के मुंह से कुछ और न निकला तो वह पागलों की तरह देवता के चरणों से उठ खड़ा हुआ और उसने लपककर देवता को गर्दन से पकड़ लिया और उसका सिर जोर से पीपल के पेड़ से टकरा दिया। देवता के माथे से रक्त की धार बह निकली और वह भय के मारे चिल्लाया, "हाय, मेरा सिर फट गया!"

किसान ने कहा, "सिर फट गया तो क्या हुआ? वह देखो आसमान पर अबाबीलें उड़ी जा रही हैं!" और यह कहकर किसान ने गुजगुज देवता के जबड़े पर दो घूंसे मारे।

“हाय! हाय! मेरे दांत टूट गए।” गुजगुज देवता पीड़ा से कराहते हुए चिल्लाए।

“दांत टूट गया तो क्या हुआ?” किसान दांत पीसकर बोला, “वह देखो पीपल के परे तालाब के किनारे कैस-कैसे सुन्दर फूल खिले हैं!” और यह कहकर किसान ने देवता का बाजू मोड़कर, उसे किसी पेड़ की टहनी की तरह तोड़ दिया।

देवता चिल्लाकर बोला, “हाय! मेरा बाजू टूट गया।”

“बाजू टूट गया तो क्या हुआ?” किसान झल्लाकर बोला, “शुक्र करो कि तुम अंधे नहीं हो।”

उसी दिन भगवान् ने तै कर लिया कि सब देवता पत्थर के होंगे और मुंह से कुछ नहीं बोलेंगे।